桜花傾国物語

嵐の中で君と逢う

東　芙美子

講談社X文庫

目次

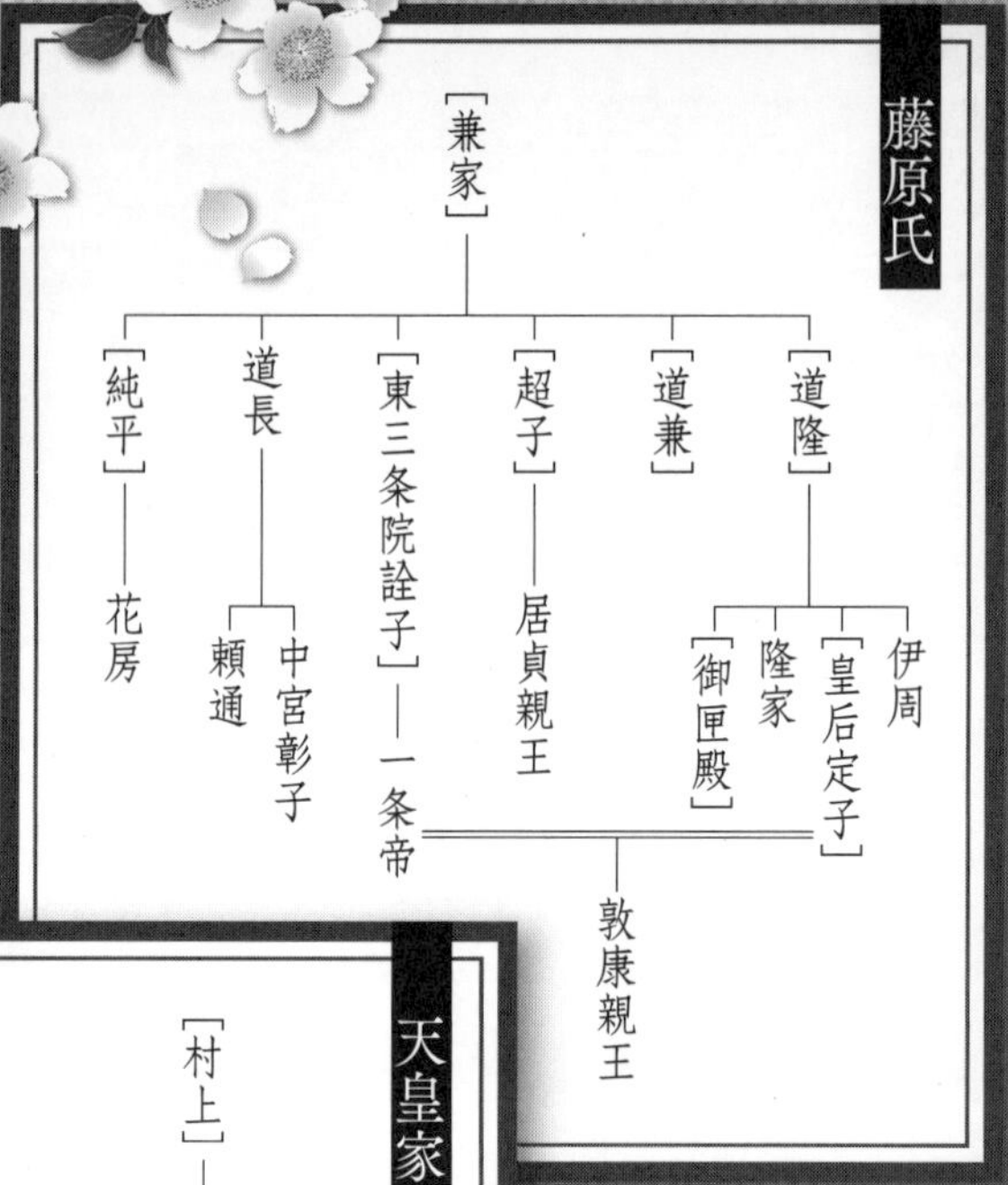

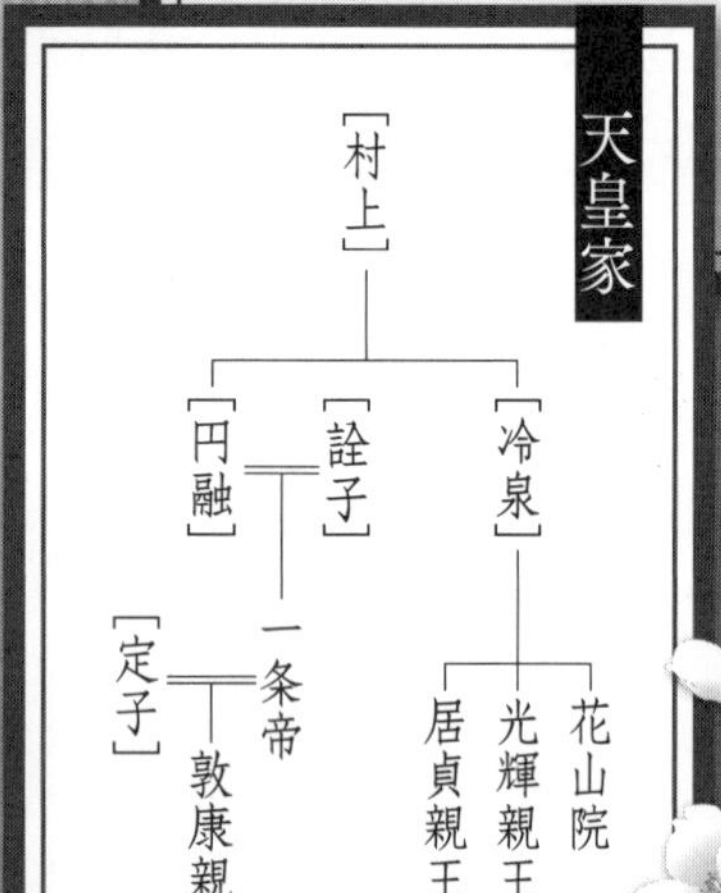

本文イラスト
由羅カイリ

桜花傾国物語　嵐の中で君と逢う

第一帖　悲しみの親王

左大臣・藤原道長《ふじわらのみちなが》の館《やかた》には、今日も笑い声が満ちていた。彼の娘である中宮彰子《しょうし》が、幼子を連れて里帰りし、その愛らしさに誰もが目尻《めじり》を下げていたからである。

「敦康《あつやす》親王さま」

「はなふさ〜、しゅきっ」

道長の甥《おい》として邸内に暮らす藤原花房《はなふさ》の衣から、ふわりと桜の薫りがすると、幼い親王は突進して抱きついた。

「勿体《もったい》ないお言葉でございます」

「しゅきしゅき〜」

花房の衣へ顔をこすりつける幼い親王の姿に、居並ぶ者が笑い転げる。

「そなた、敦康のお気に入りになったようだな」

「花房お兄さまのことを嫌いになれる者がいるのでしょうか、父上」

「おるまいよ」

道長と娘の彰子は、美貌《びぼう》の蔵人《くろうど》として一条帝《いちじょうてい》へ仕える花房を誇らしく思っている。それは単なる身びいきを超えた不思議な感覚でもあった。

花房は、生まれる前から桜の花の薫りを自然にまとう、いとも奇妙な体質の持ち主で、その薫りを嗅《か》いだ者は理性を乗っ取られ、ひたすらに恋い慕ってしまう。花房の意思すら無視して、押し倒さずにはいられなくなるのだ。

かくも数奇な体質ゆえに〝傾国〟の宿業《しゅくごう》を負う花房へ、女の身であることを隠して生きるようにと、陰陽師《おんみょうじ》たちは道をととのえた。そのため花房は、伯父の道長にも女性とは知られず、男と偽って二十年あまりが経《た》つ。

ところが、幼子や動物にだけは嘘《うそ》は通じない。今は亡き皇后・定子《ていし》が一条帝との間にもうけ、現在は中宮彰子の養い子である敦康親王は、花房が焚《た》きしめた香の下から薫る、本来の桜花の匂いを嗅《か》ぎつけ、誰が止めようともかまわず抱きついてくる。

「はなふさ〜、ずっといっしょにいて！」

「そうしたいのですが、そろそろ出仕しませんと、主上《うえ》に怒られます」

「ちちうえに、しかられてしまうの。それはこまったね……」

むくれる敦康親王へ、道長が笑いかけた。

「親王様には、これから私めが馬に乗せてさしあげましょう」

「わあっ、じじさまっ、だいしゅき！」

道長は、飛びついてきた四歳の親王を抱き上げた。

敦康親王は、道長の姪《めい》・定子が産んだ一条帝の皇子。実の娘の彰子を内裏《だいり》へ入れるためにさまざまな策謀をして追い落とした姪ではあったが、彼女が亡くなると、さすがの道長も気がとがめた。

――なぜ、ああまで苦しめねばならなかったのか。

そこで道長は、敦康親王を娘の手元へ引き取ることで、罪滅ぼしをするつもりだった。

これには当然、計算もあった。一条帝がもうけた男児は敦康だけであり、道長は大叔父という立場から、外戚《がいせき》の第一人者として権利を主張できるからだ。

しかし、本来の道長は情にあつい質《たち》で、いざ引き取ってみると、幼子への愛情が湧《わ》きあがるのを抑えきれなくなった。過分なまでに世話を焼き……つまり、すっかり祖父馬鹿《じじばか》になりつつあった。

一方、道長が敦康親王へ捧《ささ》げる篤《あつ》さを、誰より感謝しているのは一条帝だった。

愛する定子が宮中での地位を失い、皇后とは名ばかりの冷遇へ落とされたのは、彼女の兄弟の伊周《これちか》と隆家《たかいえ》の無知と傲慢《ごうまん》がきっかけではあった。が、定子を決定的に蹴《け》り落としたのは、叔父の道長である。

ところが今度は、実家が没落した親王を、支えようとしているのも道長なのである。親王といえども、母方の実家が支えていくのが、政治の世界の通例なのに、だ。

一条帝は定子との仲を裂き、彰子を入内《じゅだい》させた道長を長く恨んできたが、息子を可愛《かわい》がられると、そのわだかまりも解けてくる。ましてや、彰子がなさぬ仲の敦康を愛《いと》おしんでいる姿を目《ま》の当たりにすれば、どうして憎めようか。まだ少女のまま、閨《ねや》を共にすることもない幼い中宮。しかし、彰子は敦康を我が子のように可愛がっている。その姿に嘘はなかった。

憎しみも恨みも、人は超えていけるのだ。

――時が至れば、彰子、そなたを愛そう。

だが、今ではない。彰子は愛を語り合うにはまだ幼かった。

いずれ愛を育んでいければよい、と一条帝は穏やかな心で夢を描いた。

「東宮《とうぐう》の居貞《おきさだ》親王さまですけどね」

花房が出仕する際の装束を調《ととの》えながら、乳母・菜花《なばな》の局《つぼね》は噂話《うわさばなし》を口にした。

世間の噂や評判に無頓着《むとんちゃく》な花房は、宮中で生き延びるための知恵も大して持ち合わせていないため、こうしてさりげなく話題を振るのは、菜花の局の機転なのだ。

帝《みかど》の個人的な秘書・蔵人として仕える花房は、複雑な立場の親王の名を出されて顔を曇らせた。

道長の長姉である超子《ちょうし》が、冷泉帝《れいぜいてい》との間にもうけた居貞親王は、現在の一条帝よりも四歳年長、帝位を継ぐ可能性は限りなく低いと軽んじられてきた東宮である。

「東宮さまが、どうかしたの?」

花房の乳母は、気の毒でたまらないという様子で声をひそめた。

「大殿の兼家《かねいえ》さまが生きていらっしゃった時は、きちんと守《も》り立てるように援助もなさっていたようですけれど、道長さまときたら敦康親王さまに夢中で、東宮さまには目もくれないではありませんか」

「それは、敦康さまが可愛いから、どうしても……」

「やはり、使い勝手の悪い東宮さまでは、粗略に扱ってしまうのが人情ですかね」

居貞親王は心身ともに脆弱《ぜいじゃく》であり、人望も薄い。さらに親王として誇り高く育てられているため、道長を外戚の叔父と見下し、その視線を感じ取った道長もまた、居貞を冷遇していた。現在、居貞親王を支えるのは、舅《しゅうと》の藤原済時《なりとき》だけである。

道長は敦康親王を手駒《てごま》に使うことしか頭になく、敦康のおじにあたる伊周・隆家の兄弟もまた、似たような気持ちでいる。道長を筆頭とする九条流《くじょうりゅう》藤原家の関心は、すでに居貞親王から敦康親王へとうつっていた。

「道長さまは、東宮さまよりも敦康さまの方が大切でいらっしゃる」

「伯父上は、そんなに冷たい方ではないよ」

花房が反論しようとすると、乳母は「甘い」と即座に封じた。

道長は人への好悪《こうお》がはっきりしすぎているため、ソリが合わない居貞親王へは、無関心としか言いようのない態度をとっているのだ。

「ほったらかしにすると人はグレますよ。東宮さまは、ひがみっぽいとの評判ですから」

女房たちの情報収集の早さと精度に、花房は驚かされてばかりだ。

「ひがみっぽい方なのかぁ」

道長が敦康を厚遇すれば、その分、居貞の存在感は薄れる。

一条帝が先帝の弟・居貞を廃してでも我が子を東宮につけたいと願っているのは、誰もが察するところだ。その流れに棹《さお》さして、宮中が現東宮を粗略に扱えば、居貞親王すら陰謀を企《たくら》みかねないと、花房も予感した。

「今度は、東宮さまが、いろいろあぶないんだね……」

「宮中は、あぶない方ばっかりなのですよ」

道長が、亡き兄の息子・隆家を権中納言へと復位させたのは、敦康親王を擁して他家を牽制《けんせい》し、九条流藤原家の勢いを見せつける示威行動の一環であった。

本来ならば、敦康親王の叔父である隆家が、外戚の権利を主張してもおかしくはない。

しかし、渦中の親王を道長が手中におさめてしまったため、隆家は叔父として振る舞う権限を奪われてしまった。一条帝に対する切り札は、敦康親王のみであるにもかかわらず、道長と隆家ふたりが仲違《なかたが》いしたままでいれば、他家の公卿《くぎょう》たちは「九条流へ揺さぶりをかけるのは簡単だ」と、何を仕掛けてくるかわからない。

――隆家を復位させて、よそを抑えねば、いつ寝首を掻《か》かれるか。

そこで道長は、甥の隆家にも朝議の座を用意し、味方にしようと考えた。

荒くれ者として名を馳《は》せる隆家だが、叔父の権勢すら恐れず、必要とあらばもの申す姿勢には、潔しと認める人々も少なくない。しかし、ある時から隆家は、道長へ表向きは反抗の色を見せなくなった。……花房が女性だと知った夜からである。

幼い頃から花房を追い求め、迷い道の果てに辿《たど》り着いた真実である。隆家は、花房が女性だという秘密を生涯かけて護り抜くと誓ったのだ。恋の成就はなくとも、秘めた想《おも》いを抱えていくことで満たされる、と彼は自身に定めたのだった。

道長は、花房を〝甥〟と思っている。花房の周囲が命がけで通してきた大嘘を、自分もまた一緒に貫こうと決めてのちは、隆家は道長へ頭を下げつづけていた。

――花房のためには、道長叔父の側《そば》にいなくては。女だとバレたが最後、どんなふうに利用されるかわからない。

隆家が叔父へ忍従の態度をとる陰には、花房への恋心が根づいていた。

道長は、花房が女性だとは気づいていなかったが、隆家が花房へ寄せる執着には、すでに諦《あきら》めの境地に達していた。かつてふたりが、烏帽子《えぼし》を取り払った姿で抱き合っているのを目撃したからだった。

この時代、烏帽子で隠した髻《まげ》を人目にさらすのは恥とされていた。たとえ衣は乱れていなくとも、烏帽子を払った姿で抱擁していれば〝契った〟と誤解されて不思議ではなく、また道長もそう信じ込んでいた。

権中納言へと復位させた隆家に、道長は期待と不信の入り交じった眼差《まなざ》しを向けた。

「そなた近頃、花房とは個人的に会っているのか」

問われた隆家は、彼女の秘密に気づきもしない叔父の鈍感さを、心のどこかで憐《あわ》れむ気持ちになった。

「俺は敦康のために、身売りの結婚をした哀れな男です。花房へ捧げたものは……どうなのかな。花房がドブへ捨てたかもしれませんが」

そうまで言われて道長は固まった。

「花房が、それほど薄情だと、そなた思っているのか」

「薄情ではなく、ただ鈍感で……そうでなければ生きていけないのかもしれません」

隆家は、花房同様に鈍感な左大臣へ、苦笑いを返した。

「花房の人生を、あなたは負い切れない。でも俺は抱えていきます。命にかえても」

「やはり、そなたたちは……」

道長が微妙な顔をする。まだ叔父は誤解しているのだ、と愉快になった隆家は、笑いながら内裏を駆けだした。

「どこへ行く、隆家」

「花房へ会いに行くのです！」

かなわぬ恋でも貫く方法はある。

──俺の人生がどう歪《ゆが》もうが、俺にとって、たったひとりの女が花房だ。

花房と抱き合った時の記憶は、不思議と桜の薫りに彩られていた。生涯忘れられぬ思い出として、隆家の中では途切れることなく息づいている。


望まぬ結婚をした隆家だったが、妻の小夜子《さよこ》との間には早々に男児をもうけていた。

その報告を兼ねて、隆家が道長の館・土御門《つちみかど》邸を訪れた時、花房は乳兄弟の賢盛《かたもり》と一緒に剣術の稽古《けいこ》の最中だった。

館の警護を司《つかさど》る武人たちも、この稽古を楽しんでいる。道長の寵愛《ちょうあい》著しい花房と、その従者である賢盛は、館の者すべてが誇る自慢のふたりなのだ。

ふたりは細い身体《からだ》で太刀を振るっている。優秀な武人たちから、いかに鋭い太刀筋で相手の隙《すき》を突くかを教わる最高の機会だ。特に膂力《りょりょく》のない花房へは、丁寧な指導が入る。

「そこで下から抉《えぐ》りあげるんです、花房様っ」

対手の腰下へ潜り込んで、彼の喉元《のどもと》へ木刀を突き上げた花房に、指導役の武人が満足げに頷《うなず》いた。

「暗殺者が来たら、迷ってはいけません。今の間合いで、一気に息の根を止めたら、逃げられます」

「うん、迷わずに頑張るよ」

左大臣・道長が権力を掌握する現在、彼の甥として生きる花房にも、暗殺の危機はすぐ側にある。にもかかわらず、花房のノホホンとした気性は宮廷人にはあるまじきものだ。剣術の稽古ならばうまく立ち回れようが、いざ暗殺者が来たら、この気魄《きはく》では逃げ切れまい。

「見ちゃいられない……」

隆家は太刀の鞘《さや》を払うと、武人たちを押しのけて花房の前に立った。

「お前なんか、俺がひとり来ただけで、一気に真っ二つだぞ」

「ええっ、隆家が殺しに来るの？」

「来るわけないだろう。だけど、こうやって打ち込まれたら、お前はどうやって防ぐ？」

言葉とともに、重い太刀が振り下ろされる。

花房は、体格差のある男が真剣で迫ってくる恐怖を初めて感じた。かろうじて受け止めたが、隆家が体重をかけて、細腕の抵抗を押し切ろうとする。

「刺客は、お前を殺すために全力で攻めてくるからな。こんな稽古で満足していたら、一瞬で首が落ちる」

「隆家、重い！」

「お前ができる反撃は、一瞬の隙を盗んで、相手の死角に入ることしかない。さ、ここまででいいか」

これ以上やると賢盛と武人たちに袋だたきにされると読んで、隆家は全身から力を抜いた。そして、指導役の武官をチラリと睨《にら》む。

「もっと厳しく仕込めよ。花房は馬の扱いこそ天才的だが、剣術は腕力で負ける」

隆家がさっと太刀を振り下ろすと、花房が手にした木刀はあっけなく弾《はじ》き飛《と》ばされた。

この厳しい姿勢は、女性の身を隠す花房へ寄せる想いの裏返しでもある。隆家は、太刀を納めて照れくさそうに目尻を下げた。

花房が複雑な気持ちでそれを見ていると、賢盛が小さく肘《ひじ》を入れてきた。

「権中納言様がわざわざやってきたってことは、なんかあるんじゃないか」

すると、隆家は恥ずかしげにそっぽを向いた。

「あのな……なぜか不思議なんだが、息子が生まれた」

妻を娶《めと》っておいて、不思議も何もあったものではないが、隆家は花房へ告げねばならないと勢い込んできた半面、愛とは無縁の結婚を心底恥じているようだった。

「わー、男の子が生まれたんだね！」

脳天気に喜ぶ花房へ、隆家は顔をしかめた。

「お前、どこまで無神経なんだ……」

「でも、赤ちゃん、可愛いでしょ」

花房がはからずも突いてきたのは、隆家のうちに湧いた我が子への愛情だった。

「妻とは一切、会話が嚙《か》み合《あ》わないが、赤ん坊は可愛い。俺にそっくりなんだ」

「自慢しに来たんだね」

「いや、実際に見てもらわないと……」

どうやら自慢の息子を、花房に確かめさせたくて来訪したようである。

「結局、お前も親馬鹿になったか」

賢盛の毒舌に、花房の従兄《いとこ》として生きると決めた男は、片頰《かたほお》をゆるめた。

「悔しかったら、お前も息子をつくってみろ」

隆家が財を流してもらう目的で結婚した妻は、正式に結婚した嫡妻ではない。受領《ずりょう》の家の娘のもとへ通い、その財を甥の敦康親王に用いるだけの政略結婚である。

しかし、息子が生まれた瞬間から、隆家にとっては寄ることが嬉《うれ》しい館となった。子は鎹《かすがい》の言葉のごとく、隆家の胸にも何かが打ち込まれたのだ。

「隆家さまが、今日もお越しに」

「それも、〝胡蝶《こちょう》の君〟をお連れです！」

館の女房たちは〝胡蝶の君〟と徒名《あだな》されて久しい花房の訪れに大騒ぎとなった。宮廷で誰知らぬ者のない華やかな蔵人が、通いの婿である隆家に連れられてやってきたのだ。

「どうしましょう、どうしましょう」

女房たちは慌てふためいて化粧や装束を直すと、乳母も赤子を連れて駆け去っていく。

「胡蝶の君が、我が家へおいでに？」

乳母が大騒ぎをして息子を連れ去り、ぽつねんと自室へ残された隆家の妻・小夜子は、産後の疲れが残る色あせた唇に指を添わせた。

「お会いしてみたい……」

一条帝の行幸の際に、花房が牛車《ぎっしゃ》に付《つ》き随《したが》う蔵人として行列に参加していたのを、小夜子は遠くから見物したことがあった。抜けるように白い肌と柔らかな物腰。

いかつくて荒々しい夫の従弟《いとこ》とは思いもよらなかったが、我が子を見ようと遊びに来たからには、もう一度、花房の姿を確かめたかった。

小夜子が唇に紅を差し、衣を調えていると、妹の康子《やすこ》も浮かれた様子でやってきた。

「お姉さま……胡蝶の君が、遊びにいらしているのですって？」

「良頼《よしより》をご覧になりたいのですって」

姉妹は黙りこくった。こんな好機が、またとあろうか。

「お姉さま、迷っている暇はございません」

ふたりは重い裳裾《もすそ》を蹴立《けた》てる勢いで、部屋から駆けだした。

一方――。

「かっわいいなあ。こんなに小さくても、隆家そっくりだね」

花房は、乳母から渡された赤子の濃い眉毛《まゆげ》を指で確かめ、柔らかい頬も撫《な》でた。

キャッキャと笑う赤ん坊に、花房は頬ずりした。

「こんなに可愛い赤ちゃんを産んでくださった奥様へ、きちんと御礼《おれい》は言った？」

「なぜ俺が、礼を言わねばならぬのだ」

「駄目だな、隆家は。奥様には優しくしてあげてって言ったじゃないか」

「……うーん。努力はしているぞ」

花房が赤子を抱き、隆家も笑いが止まらない様子である。

――胡蝶の君が、吾子《あこ》を可愛がってくださって！

几帳《きちょう》の陰からのぞき見た小夜子は、花房と隆家が赤子を間に笑い合っている姿に、胸を熱くする。無骨な夫が、花房へとろけるような笑顔を返しているではないか。

「なんておきれいなの……」

「お姉さま、私にもよく見せて」

妹に突き飛ばされ、小夜子は几帳を倒して転がり出た。

「あっ！」

貴族の妻としては、ありえぬ失態で、小夜子は花房の前に顔をさらした。

紹介するつもりもなかった妻が、その妹とともに、無様な形で花房の前に出てきたので、隆家は顔色を変えた。

「何やってんだ、お前ら！」

しかし、几帳から転がり出たふたりを見て、花房は笑いかけると手招きをした。

「隆家の子を産んでくれて、ありがとう。で、どちらが奥様なの？」

よく通る声で問われ、姉妹は返す言葉を失ったまま見とれていた。満開の桜の花に取り巻かれ、受領の娘ふたりは恋に落ちたのだった。

「伯父上。隆家の赤ちゃんは、生まれて間もないのに、そっくりなのです」

「濃い顔をしているから、さようなこともあるだろう」

花房が甥の子を褒めちぎっていても、道長は無関心を装う。大甥がひとり増えても、敦康とは利用価値が異なるからである。

「隆家の子といっても、受領の娘に産ませたのだろう」

「伯父上は、隆家の赤ちゃんが可愛くないのですか」

花房は、伯父が冷淡を装うのが不思議だった。直《じか》に会ってみれば、気持ちが変わるのは明らかなのに。

「今度、一緒に会いに行きましょう」

「断る」

道長は蠅《はえ》でも追い払う勢いで、手を振った。

「心を砕くのはそなたと敦康だけで、手一杯だ」

頑《かたく》なに拒むのは、自分の本性が情にあつく脆《もろ》い、と知っているからこその防御反応だ。

「隆家の子には、充分な祝いを贈ったから安心しなさい。お前のように優れた子なら、やがては殿上童《てんじょうわらわ》にも使えるだろう。だが、敦康とは別だ」

娘の彰子が息子を産まない限り、道長が皇統へ食い込む楔《くさび》は敦康しかいない。この皇子を使って主上の気持ちを引きつけねば、彼の政権もいつ足を掬《すく》われるかわからないのだ。

道長の天下も、板子一枚下は地獄というのが現状であった。

「伯父上は、敦康親王を東宮にされるおつもりなのですか」

「今すぐ東宮にしても、後が厄介だ。それに今は、居貞が東宮だろう」

使えない素材と思っていても、道長にとっては一条帝と同じく居貞親王も甥のひとり。九条流が皇統へ打ち込んだ楔を、敢《あ》えて外す愚挙は避けたかった。その一瞬の隙に、他家が別の親王を東宮にまつりあげれば、目もあてられない展開となる。

「彰子が皇子をなすまでは、静観するしかないが」

「伯父上は、考えることがいっぱいなのですね」

「悩みは多い。でも、そなたがいるから癒《い》やされる」

道長は、花房の肩を抱き寄せる。そうして、二十歳を超えてもなお濁りを知らぬ、花房の類《たぐ》い稀《まれ》な清らかさに改めて驚く。

――元服の夜に、女をあてがわなかったせいだろうか。

貴族の元服の夜には大人になった証《あかし》として、因果を含めた女人をあてがい、半ば強制的に〝男〟にしてしまう。しかし花房の場合、元服の吉日を占わせた陰陽師、賀茂光栄《かものみつよし》が強硬にその〝大人への儀式〟を制止した。

「それだけはなさってはいけません。国が乱れます」

一歩も退《ひ》かぬであろう陰陽師の強い態度に、道長はひるみ、花房を加冠の後も清童のまま放っていたのだが。

「そなた、まだ……いや、野暮は言うまい」

「伯父上?」

「昔と同じように、ずっと側にいてくれればいい」

花房の肩へ頭をもたせかけた道長は、安堵《あんど》の深い息を吐くと、ぽつりとつぶやいた。

「居貞は、使えるうちは使いきる」

花房は、道長の冷徹が日に日に冴《さ》えていくのを感じていた。政治の海で揉《も》まれ、多くの者から呪詛《じゅそ》されて、道長は冷たく強く鍛え上げられていく。しかし、根っこには隠しきれない優しさがある。それを押し殺そうとしている無理が、花房の胸を苦しくする。

――伯父上は、本当は政治家に向いていないのでは。

何を言わずとも伝わる気持ちがある。道長は花房の肩口で笑った。

「九条の家に生まれたら、逃げられない宿命があるのだよ、花房」


道長は、東宮の居貞と大甥の敦康の双方をうまく操って、政権を強固にしようとしていた。その意思を誰よりも敏感に感じ取っていたのは、〝道具〟の居貞その人であった。

「どうしたらよい。このままだと、私が廃されてしまう」

亡き定子の忘れ形見である敦康は、道長がいつでも差し替えられる東宮の候補として手中におさめているが、その敦康すらも決定的な切り札ではない。道長がジリジリと身を焦がして待っているのは、娘の彰子が産む親王である。

実の孫が親王として誕生するまでの時間を、居貞と敦康のふたりで稼ぎ、他家を制するつもりなのは明らかだった。

つなぎの東宮として配されている居貞の心は乱れる。中宮であった定子を廃し、甥の伊周・隆家らも左降させた道長だ。利用価値がないと判断されれば、自分など簡単に東宮の座からおろされるだろう。

疑いと恐れが無駄に渦巻くその時に、一通の文《ふみ》が届いた。

薄様《うすよう》に連なる流麗な文字。ひとたび読めば忘れようのない、華麗にして鋭い文体。

迷いに揺れていた居貞親王の心に、その文は突き刺さった。

『とある方の高望みが恐ろしくて、心安まる日がないと拝察します。しかし、ことの解決は簡単です。悩みの元は、きれいに捨て去ってしまえばよいのです――』

文は東宮へ、はっきりと告げていた。

――左府・道長を退けろ、と。

とびきりの知恵で宮中を騒がせた〝彼女〟が文を送ってきた。これこそが、今の恐怖を払う最高の一手だった。

宇治《うじ》の山奥から唐車《からのくるま》が都を目指して、ゆっくりと歩みを進めていた。唐車には何台もの副車《そえぐるま》が付き随う。その多さを見れば、やんごとない人物が唐車の主人だと、おのずと知れる。

——宮さまがもう一度、都へ！

——宮さまが、今度こそ！

声にならない期待と喜びが、行列には満ちていた。

山道にガタガタ揺れる牛車のうちで、貴人はゆったりと扇を揺らめかした。

「左府め。私の次の手は、さすがに読めまい」

宮中一と褒《ほ》め称《たた》えられた風流人は、これから手にする〝宝〟を思い描けば、自然とこぼれる笑いを抑えきれず、扇を揺らす手を止めた。

——黄金と瑠璃《るり》か。まさかそんな奇貨が、我が手に落ちてくるとは……。

牛車のうちで響く高笑いに、付き随うものたちは戸惑う。

二度目の勝負は負けまい、という貴人の自信が、痛いほど伝わってくるからであった。

第二帖　風はいずこへ

陰陽師《おんみょうじ》の末、賀茂武春《かものたけはる》は花房《はなふさ》の幼なじみであり、また守人《もりびと》としての役割を子どもの頃から背負わされている。

しかし、彼は陰陽師としては未熟だった。陰陽の道の座学こそできたが、式神を使い、九文字の真言で魔を祓《はら》うワザなど、陰陽師として必要とされる超常的な力を有してはいないのである。

唯一彼に宿るのは、悪《あ》しきものを見分け追い払う〝破魔破邪の陽気〟だ。

学習によって得たのではない特殊な〝陽気〟は、押し寄せる悪気を破る強さをもってはいるものの、呪詛《じゅそ》などに対抗する結界を張ったり、予知能力といった特殊能力とはほど遠い。陰陽師としては落第スレスレという評価が、武春には常についてまわっていた。

年嵩《としかさ》の従兄《いとこ》にあたる賀茂光栄《みつよし》は、自らの館《やかた》へ引き取った武春を何くれとなく指導していたが、あいにくと陰陽師としての特殊能力だけは育たない。

――俺は、このまま駄目な陰陽師としてやっていくのだろうか。

自らを情けないと恥じる武春だが、今日は勘が冴《さ》えている気がする。とてつもない何かがすぐ近くへやってくる気配を感じるのだ。

——花房か！

武春は、幼なじみの花房に関してだけは、常ならぬ予感をすることがある。それは恋をする者特有の直感なのかもしれず、不思議と外れないのだ。

妙な気配がやってくる。それも読み切れない複雑な何かが。

武春は、花房の生年月日と本日の日時に従って、式盤を動かした。式盤とは方盤の上に円盤を載せ、卦《け》をたてていく陰陽の占い板だ。

——花房。並ならぬ宿業を背負うお前を、俺なりに護《まも》っていくよ。

武春の気を読んだのか、突然、式盤は宙へと浮いた。

「な、ななっ、何が起きてる？」

武春の手をすり抜けた式盤は、宙で舞っていた。明らかに、異変が花房へ迫っていると告げている。

武春は顔色をなくした。しかし式盤はいかなる危険が迫っているかは教えてくれず、そして彼にも予知をする能力はないのだ。

一年前、道長《みちなが》に反旗を翻す一党の首魁《しゅかい》として陰謀の旗印となり、都を追われる前に自ら宇治《うじ》へと隠棲《いんせい》した光輝《みつてる》親王が、またもや都へ戻りかえったとの噂《うわさ》が立った。ところが、宮廷には寄りつこうともせず、二条の館に隠れ住んでいるという。

自らの手の者として使う能吏・藤原行成《ふじわらのゆきなり》から、光輝親王が帰還したと伝え聞いた道長は、その理由がわからずに首をひねった。

「前回担ごうとした敦康《あつやす》は、すでに私が握っているぞ」

帝《みかど》や東宮の首をすげ替える場合、錦《にしき》の御旗となる別の親王を擁するのは鉄則。甥《おい》の一《いち》条帝《じょうてい》と東宮・居貞《おきさだ》、そして大甥の敦康まで手中におさめている道長に対し、光輝親王が新たな叛乱《はんらん》を起こすだけに足る材料は、宮中には見当たらない。

「気まぐれで帰ってきたのか？」

道長の問いかけに、行成も怜悧《れいり》な眉《まゆ》をよせた。

「新たな策を講じて、こちらへぶつけてくるつもりでしょうか？」

「私が敦康を握っているのにか？」

「主上《うえ》の御子が別にいれば、考えられなくもありませんが」

道長と腹心の行成は、吹き出しそうになった。

一条帝は后《きさき》こそ複数抱えていても、無事に子をなしたのは亡き定子《ていし》だけなのである。

「もう邪魔者はいないはずだがな……」

定子の死後、敦康の世話係として宮中へ仕えていた彼女の妹も懐胎したまま早世し、道長の野望を阻む者は、現在見当たらない。

「いえ、左府様。あの者だけは見張りませんと、あぶのうございます」

行成が〝あぶない〟と警戒するのは、右大臣・藤原顕光《あきみつ》の娘、元子《げんし》であった。定子が宮中を追われた折に入内《じゅだい》した后のひとりだが、彼女は一条帝の〝お召し〟の回数も多く、さらには「破水事件」という、不思議な醜聞を起こしていた。

懐胎したと膨らんだ腹を抱えて誇らしげに里邸へと下がったのだが、いざ産み月となると、彼女の腹からは大量の水しか出なかったというのだ。

「主上の気を惹《ひ》きたくて、大たわけな嘘《うそ》をついた、悲しい女であろう」

道長は、右大臣の娘の件を馬鹿《ばか》げた話と投げ捨て、もう一度、光輝親王が都へ戻ってきた理由を考え始めた。

〝月光《げっこう》の宮《みや》〟と徒名《あだな》される親王は、母親の身分が低い以外は、類《たぐい》まれな麗質の持ち主である。彼を慕う者は宮中に多く、彼に従う反道長の貴族たちも並ならぬ数なのだった。

「つづき見張れ。今度は、花房目的で戻ってきたとは思えぬ。確実に何かを手にしているだろう。敦康を抱いて、私の首を掻《か》ききろうとしたのは、一年前だ」

「御意」

道長と行成は昏《くら》い瞳《ひとみ》を交わす。甥の花房には見せられない、道長の隠れた本性の一面であった。

「花房さま、お文《ふみ》がどっさり届いているのですが……」

宿直《とのい》の役から自宅へ帰った花房は、乳母から山のような文を渡され、目を白黒させた。

「追加もあるぞ。さっき、追いかけてきた使者がいた」

乳兄弟の賢盛《かたもり》も、目の前に色とりどりの薄様《うすよう》を積むので、花房はたじろいだ。

「これ……ひとりから？」

「お祭しの方からだよ」

花房は身を硬くする。賢盛が持ち込んだ文の山は、隆家《たかいえ》が通う妻の妹・康子《やすこ》から連日届けられるものである。

「どうして私が、こんな目に」

乳兄弟の賢盛は、文の山を放り投げた。

「とりあえず今日も、読んでみろよ」

「怖いなあ」

花房は積み上げられた文をひとつ、ほどいてみた。

「げっ！　なんか歌をいっぱい詠《よ》んできてるよ」

恋をしてはいけない、と陰陽師たちに禁じられてきた花房にとっては、恋文も焦がれる心を伝える歌も、遠い世界の幻想である。

康子から毎日届けられる文に、花房の心は折れそうになる。想《おも》いの丈《たけ》を滅多やたらに書き連ねている恋文は、送られる側にしてみれば、ありがたいと思うよりも前に、恐怖を感じてしまう。

——男と偽っている私が、悪いのかもしれないのだけど。

「……どうしよう、これ」

花房からすがるように見つめられ、乳兄弟の賢盛は「捨てちまえ」とため息をついた。

恋愛遊戯に洗練された宮廷の女房ならば、気の利いた歌と優雅な便りで洒脱《しゃだつ》に誘いをかけてくる。ところが隆家の義妹・康子は、書けばよいとばかりに、大量の紙を無駄に消費していた。無粋を通り越して狂気がにじんでいる。

花房の身体《からだ》から薫る桜の匂《にお》いは、男性のみならず女性をも虜《とりこ》にする厄介なものだ。そのため、生まれた時から〝反射の香〟なる香を衣に焚《た》きしめ、首筋にすりこんで、どうにか誤魔化してはいる。だが厄介なことに、花房は人を瞬時に惑わす美貌《びぼう》と笑みも兼ね備えていた。人を虜にする体臭は香で消せても、生まれついての華やぎは隠しきれない。

——こいつを護っていくのは、しんどいぞ。

昔から繰り返してきたぼやきが、賢盛の裡《うち》でまたもや反芻《はんすう》された。一瞬でも気を抜いたら、どこの誰が花房へ迫りかかるか、わかったものではない。

「花房、俺を信じて、絶対に手をはなすなよ」

とんでもない宿命を背負う花房を、賢盛は痛ましげに見やった。


花房が大量の恋文を送られて困惑しているのと同じ頃、左大臣・道長は怒りのあまり文を破り捨てていた。

「どうして受領《ずりょう》ふぜいが、花房を婿に取りたいと申し込んでくる?」

文の送り手は、康子の父親であった。

「相手は、隆家が財を調達するために通っているだけの妻の妹ではないか。ふざけたことをぬかしおって、たかが受領が!」

受領は官位こそ低いが、財力に不足はない。実際、彼らが中央へ上げる財で宮中の経済は賄《まかな》われている。地方で財を集める受領こそが、宮廷の中央集権政治を下支えし、彼らからの貢ぎもので道長すら潤った生活を送っているのが現状であった。

「隆家を得たからと、無駄に高ぶりおって! 次は花房を望むか。冗談ではない」

道長の癇癪《かんしゃく》の嵐《あらし》が執務室を駆け抜ける。それを伏し目がちに観察しながら、右筆《ゆうひつ》たち事務官は激風がやむまでをやり過ごす。

甥の花房の件で何かが発生すると、道長は誰にも制御できない激しさで喜んだり怒ったりするのだ。知らぬは当人ばかりなりで、毎回、周囲の人間は勤務時間を計る線香が早く焼け落ちないかと待っている。

それでも、嵐をまき起こす道長と花房を、彼らは慕っていた。

ふたりには人を一瞬にして魅了する〝華〟があった。道長が疾駆する荒馬ならば、花房は悍馬《かんば》のたてがみに花びらを吹きよせる花嵐《はなあらし》に似ているのだ。

内裏《だいり》からの書状を預けられ、東宮・居貞親王の館を訪れた花房は、手入れの行き届いていない庭に気づき、ため息をもらした。

――これが、東宮さまのお館なのか。

誰にも必要とされず、顧みられない親王の実情は寂しいものである。

道長が大甥の敦康を抱え込んで以来、公卿《くぎょう》たちは居貞を〝用なし〟と見なしている。

本来は面倒をみなければいけない道長すらも、最低限のつきあいだけで、あとは触れようとしない有り様だった。

――伯父上、東宮さまをこんな目に遭わせては駄目です。

花房は、荒れた庭から顔を背けると、親王の居室へ向かった。

昏い目をした居貞親王は、花房の笑顔にも無反応だった。すげなく扱われつづけて、すでに心が凍っているのである。

「東宮さま。主上より申しつかりし書状に、お目を通していただきたく」

花房が差し出した書状にも、居貞は一片の興味すら抱いていないようだ。

「来たのか、従弟《いとこ》殿。そなたの祖母は、貧しき宮家の末であったな」

「そ、それは……」

「宮家も落ちぶれれば、見る影もなし」

花房へ冷たい一瞥《いちべつ》を投げかけただけで、東宮は書状を受け取ると、あとは言葉さえ下すのも億劫《おっくう》という気配で、花房を撥《は》ねのけた。

闇《やみ》を抱えている――と、花房の背筋が寒くなる。誰にも望まれず誰も信じない親王が次代の帝として控えている怖さを、初めて感じた。


「あー、疲れた」

居貞親王の館は、沼地にも似たじめついた空気が淀《よど》み、初めて訪れた花房は、全身に痛みを感じるほどの疲れを背負って牛車《ぎっしゃ》に乗り込んだ。従者として付き添っていた賢盛も同じく、濁った瞳の使用人が重たげに足を引きずる館に、げんなりしていた。

「東宮様のお館は、黒いな……」

とてつもない闇がとぐろを巻いている気がする、と賢盛が漏らした。

花房も胃の腑《いふ》に突き刺さるような重さを感じて、東宮の抱える闇を憂う気持ちを抑えられなかった。祖父の兼家《かねいえ》が生きていた時代は、居貞を支えるために尽力していたというが、今は誰にも期待されない東宮として、捨て置かれている感はいなめない。

「おい、花房。いくら従兄だといっても、あの東宮様には肩入れするなよ。ああいう淀んだ空気を背負ってる人間に深く関わると、痛い目みるから」

乳兄弟の毒舌は、花房をあらゆる敵から護る壁の役割も果たしている。

「わかっているよ、賢盛。ありがとう」

「ほんと、お前は危なっかしいんだから。一瞬でも目を離したら、どこのおかしなやつが食いついてくるか」

この乳兄弟がいなければ、自分はどれほどの危険にさらされていたのだろう、と花房は心から感謝する。

館へ戻ったふたりは、菜花《なばな》の局《つぼね》がととのえた食事で空腹を満たした。

「賢盛……」

「うん。俺が側《そば》にいるから、お前は何も心配しなくていい」

ふたりは静かに押し寄せる眠気に身を任せ、塗籠《ぬりごめ》のうちで床をとった。本来、母屋《もや》に御《み》帳台《ちょうだい》を置いて寝る立場だが、花房の場合は女であることを隠さねばならず、四面を壁で囲まれた塗籠の内で眠りをとっている。

京の都は、しんと静まり返った闇の奥から、さまざまな音が聞こえてくる。貴族たちは深夜まで仕事と宴会と恋愛に奔走し、牛車の軋《きし》みや馬の蹄《ひづめ》の音が、闇を縫って響いてくるのだ。

眠りに落ちかけていた花房は、遠くからやってくる牛車の音を聴いていた。

それは、土御門《つちみかど》邸の西門の前で止まった。

――伯父上は、今日は出ていない。ということは、行成さまが報告にきたのか。あるいは主上よりの急ぎの使者か。でも、どちらも東の正門を使うはずだが……。

かっと目を見ひらいた賢盛が、床から半身を起こした。

「……なんだか、妙な気がする。俺の勘は、あんまり外れない」

静まりかえった闇の中では、小さな物音すらはっきりと聞こえてくる。

西の門が静かに開かれた軋みが、花房と賢盛の耳にも伝わった。

「行成さまが来たのかな」

「いや、牛車の音が軽いから違う。別の誰かだ」

なぜだろうか、息を殺した気配がこちらへ向かってくる気がする。重たげな衣を引きずる音も近寄ってきた。

「ねえ賢盛、絶対に何かが来ているよね」

顔色を変えた賢盛は、床で抱いていた太刀の鞘《さや》を払った。普通の暗殺者ならば、道長の寝所へ直接踏み込むはずだが、不穏の気配は一直線に、花房が暮らす西の対へ近づいてきている。

「……花房。お前も刀抜いといた方がいいぞ。たぶん、お前狙《ねら》いだ」

「うん、わかった」

花房も太刀を手に身構えた。誰かに命を狙われるほどの身分ではない、と思ってはみたが、謎《なぞ》の侵入者がこちらを目指してくるからには、対峙《たいじ》する覚悟は決めねばならない。

「来るなら来い！」

花房と賢盛が太刀を構えて塗籠の隅へ張りついていると、音を忍ばせて扉が開かれた。

「花房さま～」

予想外の、女の声だ。

暗闇で目をこらしていた花房は、声の主が誰ともわからず、視線を彷徨《さまよ》わせた。

「私でございます。康子です」

「……え？」

「あなたの従兄の隆家さまが、私の姉のもとへ通っています」

ああ、隆家の息子を産んだ優しげな女性の妹か、と花房は太刀を置いた。

「おい待て、花房。油断するには早い」

「だって、隆家の奥様の妹だよ」

花房は、ゆらめくほのかな灯火で、彼女の顔を確かめた。

「一度お会いしましたよね」

「そうです。私でございますっ」

「遊びにいらっしゃるのなら、まず文を下さって、日の高い時刻に」

「鈍い方ね！」

間髪いれずに飛びつかれ、花房は声にならない悲鳴をあげた。

「ひいいっ」

「この女、痴《し》れ者《もの》かっ！」

賢盛は、花房へ飛びついた〝侵入者〟を引きはがすと、脇《わき》に抱えて衛士《えじ》を呼んだ。

「お客様のお帰りだぞ」

衛士たちが、勢いこんで駆けてくる。

「隆家様の、義理の妹殿だ。ご丁寧にお送り申し上げろ。西門の門番が、買収されているかもしれないがな」

塗籠の奥で硬直している花房を袖《そで》で隠すと、賢盛は侵入者を睨《にら》んだ。

「花房は、お前に用はないとさ」

「お姉さまが隆家さまなら、私には胡蝶《こちょう》の君を！」

衛士へ引き渡された康子は、花房へ細い腕を伸ばして叫んでいる。

「とんでもねえ片想《かたおも》いしてるなあ」

花房を軽く撫《な》でながら、賢盛は肩をそびやかした。

花房へ迫る者に男女の別がないのはよく知っている。しかし女性が、手段を選ばずに屋《や》敷《しき》へ忍び入るなど、前代未聞のことだった。

康子の姉である小夜子《さよこ》は同じ頃、夫の隆家が赤子を抱いてやに下がっている姿に微笑《ほほえ》んでいた。

「なにがおかしい？」

「いえ、殿がそんなに子どもがお好きとは」

「俺の子だぞ。可愛《かわい》くないはずなかろうが。それに花房も褒めてくれたしな」

「胡蝶の君と呼ばれる方にまで褒めていただいて、嬉《うれ》しゅうございました」

小夜子は頰《ほお》を赤らめると、躊躇《ためら》いがちに夫に訊《たず》ねた。

「花房さまは、いったいどんなお方なのでしょうか？」

「どんな方とは、どういう意味だ？」

隆家は内気な妻を、まじまじと見やった。

「花房の何を知りたい？」

「それは……何でもよいのです。お話しくだされば」

頼まれて、隆家はポツポツと語り始めた。祖父が隠れて通っていた妻の孫だということ。父親の純平《すみひら》の血を引いて、笛の名手であること。また、道長叔父が溺愛《できあい》して育てたため、乗馬の名手でもあり、今では打毬《だきゅう》で人をうならせるまでの手練《てだ》れになったこと。

「お素敵です。もっとお話しくださいませんか」

結婚してからこのかた、ろくに会話が成立しなかった妻の小夜子が、目を輝かせて聞き入っている。花房の話題ならば、女性と話すことが苦手な隆家でも、とめどなく話せる気がした。

「俺は昔、花房を見ると胸がむかついていた」

「なぜでございます？」

「大切ないとこだと気づくのに、時間がかかった……。子どもだったせいでな」

「でも本当に睦《むつ》まじいご様子で、おふたりを眺めているだけで、胸が熱くなりました」

深窓の姫君だった小夜子は無邪気に笑っている。

「そうか……」

隆家は、その無邪気さに救われる気もしていた。生涯むくわれない恋の話を、延々と語らせてくれる妻など、どこの世にいるだろうか。

「あの……花房さまは、おつきあいされている女性は、おいでなのでしょうか」

「女？　いるわけない」

隆家は苦笑いで、胸の痛みを強引に隠した。花房への想いを断ちきれずに連々と引きずるのならば、その分、この無邪気な妻にも優しくしようと、思い至った。

「花房の話ならば、いくらでも話せるぞ。夜が明けるまで語ってもいい」

「うれしゅうございます、殿……」

両親がなごめば、赤子も喜ぶ。足をばたつかせて笑う我が子が、かなわぬ恋に痛む胸へ、新しい喜びを運び込んでくる。

「子は鎹《かすがい》と言うが、そうかもしれない」

不純な動機で始まった結婚であっても、今ここに幸福は確かに存在するのだ。

――花房、お前と約束したとおりに、この妻を大切にするとも。

隆家は、小夜子の小さな手をそっと握った。彼女を大事に扱うことが、実は花房への恋情と実を通す道なのだと信じて。

隆家と小夜子が静かに互いを見つめている時に「ぎゃーっ」と叫ぶ声がした。

「なにごとだ」

隆家はすぐさま太刀を手にすると、妻を背後へ隠した。

「案ずるな、どんな輩《やから》が来ようとも、すぐに斬《き》り捨《す》ててやる」

「殿、あの声は妹の康子でございます」

「……へ？」

花房のもとへ忍んでいったはよいが、すぐさま追い返された康子は、姉の部屋へズカズカと踏み込んでくるやいなや、憤懣《ふんまん》やるかたないと叫び始めた。

「この私に、恥をかかせて！　花房さまの寝所には、よくわからない従者がいて、そいつが私を放り出したのよ」

「よくわからないのは、お前の方ではないか。普通に考えて、女が男の寝所へ襲いにいくか？」

隆家が即座にいさめると、康子のまなじりはいっそう吊《つ》り上《あ》がった。

「隆家さまは、花房さまのすばらしさが、まるでわかっていないのでしょう」

「いや……誰より知ってるつもりだが。すばらしさの最後の一線だけは越えられなかったが、あとはほぼ知ってる」

「すばらしいですわ、殿……」

瞳を煌《きら》めかせた妻と、怒り心頭の義妹を交互に見やって、隆家もとうとう気がついた。

——花房に、ふたり揃《そろ》って恋していたのか！

妻が花房へ想いを寄せていたと知っても、怒りも嫉妬《しっと》もなかった。自分と同じく、かなわぬ恋の宿命に巻き込まれたのだと、被害者同士のような共感がジワリと湧《わ》いてくる。

「あいつは女に興味がないから、諦《あきら》めろ」

「そ、それは……。もしかして男の方にしか興味のない、いわゆるその筋の方なのでしょうか？」

「その筋もあの筋もない！　あいつは、誰とも恋愛できない体質なんだ」

陰陽師たちが「女性である身を偽らねば国が傾く」とまで予言した因果な体質である。嘘を重ねて生きてきた花房の苦しみを知るからこそ、隆家は声を荒らげた。

「お前らの手に入るような、そんな簡単な相手じゃない」

すげなく言い捨てられて、小夜子がうつむいた。

しょげかえる妻の肩を、隆家は精一杯の優しさをこめて抱き寄せた。

「花房はまた呼んでやるから、それでいいだろう。誰にも摘《つ》まれない花だから、あいつを皆が追い求めるんだ」


義兄の隆家にまで恋心を止められた受領の娘・康子は、屈辱を重ねたために、よけいに花房への執着をつのらせた。宮中の男女を問わず惹きつけ、誰とも恋をしないという噂は、果たして本当なのだろうかと。

九条流《くじょうりゅう》の御曹司・隆家を義兄にしたともなると、情報網の広がりは単なる受領の娘の域を超えてくる。あちこちの名家の女房たちとも連絡をとれるようになった康子は、収集した花房の噂に腰が抜けるほど驚いた。

「左大臣・道長さまの寵童《ちょうどう》で、元服前に宮中の女房へ迫りまくって、さらには昨年まで光輝親王さまとも愛し合っていたのですって？」

噂とは、人の欲望と嫉妬が生み出す、妄想の産物である場合が多い。

しかし、恋慕の情に理性を乗っ取られた康子は、まっとうな判断が下せない。

「誰にも攻略できないなんて、嘘じゃないですか！　聞いてますの？　義兄《あに》上！」

康子が恐れ知らずの勢いで責め立てるので、荒々しさで知られている隆家さえも、逃げたくなってくる。

「まあ、女房へ迫っていたのは本当だが……」

「では、どうして私は駄目なのでしょうか！」

「知るか」

疲れ果てた隆家は、早々に嫁の館から逃げ出した。

土御門邸へ、苦虫を噛《か》みつぶした表情で訪れた隆家を、花房と賢盛は困り顔で迎えた。

「ええっと、まずは湯漬けでも食べる？」

のんびりと迎え入れた花房へ、隆家は険しい貌《かお》を寄せる。

「康子のやつ、お前にイカレてる。気をつけろ」

「その人、この間、私のところへ忍んできた人だよね」

「どこの女が、土御門の門番を買収してまで奥へ踏み込んでくるんだ？　とことんヤバいとだけ言っておく。俺も妻には、妹の監視を怠らないように伝えておくが……」

ただ、春のそよ風のような気性の小夜子が、どこまでの抑止力になるかはわからない。

隆家は眉根を押さえると、花房へ頭を下げた。

「俺があの家へ連れていかなければ、こんなことにはならなかっただろう。すぐさま陰陽師に相談しろ。きっと何とか、逃げ道をつくってくれる」

「逃げ道……」

花房にも思い当たる節があった。近頃、誰かに見張られている気がするのだ。絡みつくような強い視線を感じて、はっと振り返ることが増えた。そして、謎の肩こりもひどくなった。

——まさかこれは……。

花房は「困った時の陰陽師」で、生まれる前から世話になっている賀茂光栄の館を訪れた。光栄の館で暮らす幼なじみの武春は、花房の肩を見るなり、ぎょっと目を剝《む》いた。

「また？」

武春は陰陽師としては、はなはだ未熟だが、生霊などは見分けることができる。

そして彼の見立てと、賀茂光栄の意見も一致した。

「今回は、女性の生霊《いきすだま》がついていますね」

「この肩こり、やっぱりそうですか」

花房は岩が載っているとしか思えない肩を、こわごわ見やった。以前にも隆家と光輝親王というふたりの男性に慕われて、重い生霊を乗っけていた記憶がある。

「誰かわかりますか？」

光栄は、花房の肩へ手を置くと、相手の気配を読んだ。

「や、す、こ、と名乗っていますね」

「やっぱり、あの人だ」

土御門邸の門番を買収して、夜討ちをかけてきた女性に間違いない。

「この方にお帰り願えますでしょうか」

不安げに訊ねる花房へ、陰陽師は否と首を振った。

「人を恋い慕うのは、本来、邪念ではないので、そうそう追い祓えません」

光栄が読みとくには、康子は「絶対に結婚してみせる！」と誓いまで立てて花房を監視しているようで、花房が日夜目撃する康子は生霊だという。

「内裏から使いに出ると、道のあちこちに出没するのは……」

「そんな真似を受領のお嬢さんがするのは、物理的に難しいでしょう。たまに館を出られたとしても、花房殿の見かけるほとんどが生霊です」

「こわっ」

光栄は年若い従弟の武春へ、切なげに命じた。

「花房殿は、またとんでもないものを背負い込んでしまったようだ。当分の間、一緒に行動しなさい」

「はい、光栄おじ」

心配と嬉しさとがないまぜになった武春の曖昧《あいまい》な笑顔に、陰陽師はこちらも困ったものだと片頬を歪《ゆが》めた。

「女子《おなご》の身で土御門邸へ忍び込むような気性だ。並の執着ではないぞ、覚悟してかかりなさい」

陰陽寮《おんみょうりょう》の職務から一時解放され、花房と共に過ごすようになった武春は、何度追い祓っても、気づけば花房の肩にとりついている、女性の念の強さに呆《あき》れていた。

――花房の〝惑わしの香〟が寄せているのだろうけれども。

どっかりと肩に乗られて、時に息苦しさまで感じる花房は、武春に頼み込む。

「女の人を追っ祓う呪《まじな》いってないの？」

「ごめん、思い当たらない。モテたい人用の呪いはあるけど」

　武春の返答に、賢盛がおどけた表情をつくった。

「思い詰めると、男女とも怖いからなあ……」

　だからこそ一瞬たりとも気が抜けないのだ。

「あー、ちまちま考えても駄目だな。話題変えようか」

　わざと明るく振る舞いつつ、賢盛はよその家の従者から聞いた噂を語り出した。

「なんでも、あの清少納言《せいしょうなごん》が、今は伊周《これちか》たちの屋敷にいるらしい」

　皇后定子が亡くなったのち、風流人で知られる光輝親王の館につとめていた清少納言であったが、親王の陰謀が覆された折に、彼女の行方も杳《よう》として知れなくなった。

　その才媛《さいえん》がいつの間にか、伊周・隆家兄弟の館に雇われているという。定子が遺《のこ》したふたりの内親王の教育係として。

「伊周たちの館へ？」

　定子への思慕が生きる糧となっている清少納言にとって、気心の知れた伊周たちの庇護《ひご》を得た暮らしはよいのではないか、と花房は思う。定子の遺児を育てることで、清少納言は痛みを乗り越えていける気がする。

「でも、陰謀を企《たくら》むには、最高の環境だぜ」

　賢盛は、清少納言が定子へ寄せた思慕の激しさが妄執であると警戒していた。そして、甥の敦康親王を足がかりに復権を狙う伊周と、彼を担ぐ姻戚《いんせき》の高階《たかしな》一族。彼らが一堂に会したら、何度もくじかれた「打倒道長」の陰謀を、またぞろ練り始めるかもしれない。

花房は、厭《いや》な予感に身を震わせた。

「伯父上に、何もなければよいけれど……」


花房は、中宮・彰子《しょうし》の棲《す》まう飛香舎《ひぎょうしゃ》を訪ねた。

四歳になった敦康親王に駆け寄ってこられて、その愛らしさにほっとなごむ。彰子がこの養い子へ注ぐ愛情には一片の偽りもなく、幼い親王は伸びやかに育っていた。

「はなふさはぁ、お馬がすきなのだよね。私ももっているのだよ」

愛用の木馬を引いてきて、子どもらしい自慢をする親王へ、花房は笑みを返した。

「それはよい駒《こま》でございますね、敦康さま」

「でも、じじさまのお馬はもっとしゅきだ。ぴゅーっと飛ぶのだ」

「はい、左府さまのお馬は、空を翔《か》ける駿馬揃《しゅんめぞろ》いでございます」

「はなふさも、乗ったことがあるの?」

「はい。左府さまのお手みずから、指南を受けましてございます」

「では、私といっしょだね」

皆に愛されていると信じ切っている敦康が笑い転げるさまを眺め、彰子はあたたかな笑みを浮かべていた。母親の倫子《りんし》譲りの穏やかさが、彰子の麗質である。

一条帝が、この幼い中宮へ少しずつだが心を寄せ始めている様が、蔵人《くろうど》である花房にも伝わってくるようになった。叔父の道長から押しつけられた中宮ではなく、ひとりの女性として主上の視界に入ってきたのだ。

ゆったりと優しい彰子と、遠慮なく甘えかかる敦康親王。——それを見守る一条帝。

たとえこの先、彰子が一条帝の子をなさなくとも、このまま三人で幸せに生きていけるのではないだろうか、とさえ花房は思う。

しかし、娘と親王を眺める道長の表情は険しかった。

「伯父上、いかがなさいました？」

気づかう花房の耳元へ、道長は精悍《せいかん》な貌を寄せると、苦々しく囁《ささや》いた。

「近頃、東宮の周りがきな臭い。あの清少納言が出入りしているらしい」

居貞親王と清少納言が連絡を取り合っている、と言われて、花房も息を呑《の》んだ。

今までの彼女の動きから察するに、また常ならぬ計画を抱いて、見捨てられかけた東宮へ接近している可能性は高い。

「……まさか」

「私が敦康を抱えたことが、気に喰《く》わぬのかもしれないが」

とうてい切れ者とは思えぬ居貞親王が、自ら陰謀の絵図を描くとは思えない。しかし、宮中随一の才女と謳《うた》われた清少納言が近づいたのならば、話は別だ。

陰謀の釜《かま》が煮詰まっていく、さらなる予感が花房の胸へ迫ってきた。

──少納言、もう無茶をしないで。敦康親王さまは、伯父上が心を込めて支えているんだよ。このままいけば、きちんと東宮さまになる。

九条流藤原家の御曹司・隆家を、通いの婿として取った受領の藤原宣斉《のぶなり》は、次女の康子を呼び寄せると、冴えない貌で告げた。

「お前が婿にしたいと言っていた花房殿だが、左大臣様に断られたよ」

「なんですって！」

姉が隆家を手に入れたのならば、自分はその従弟の花房と結婚してもおかしくないはずだ、と思い込んでいた康子は、顔色を変えた。

「左大臣が、大切な甥の結婚相手は慎重に選ぶ、とはっきり拒んできたのだ。もう取りつくしまはあるまいよ」

敦康親王を後見するために、財産目当ての結婚を承諾した隆家だが、肝腎《かんじん》の敦康は道長に取られてしまい、この受領も隆家から得られるものは名門の血を引く孫だけとなってしまった。さらに、花房を次女の婿にと望んだために、睨まれてしまったわけだ。

その昔は花山院《かざんいん》の隠し子だという噂が流れていた花房だったが、噂を流した当人の道長は、左大臣の地位へ昇ったあとは自らの〝甥〟だと明言するようになった。

それは現在の自分ならば甥を護れるという、自信のあらわれでもあった。

「左大臣の道長さまが、私と花房さまが結ばれるのを、拒んできたのね！」

康子の眉が吊り上がり、父親の受領は肩をおとした。

「花房殿は、うちよりも家格の高いところの娘にとられるだろうよ」

「そんなこと、絶対に許さない！」

自室へと駆け込んだ康子は、花房の笑顔から自らを遠ざける左大臣を呪《のろ》おうと決めた。

しかし方法がわからない。普通の暮らしをする者が、呪詛の方法など知りようもない。

「でも、何かあるはず……」

康子は半紙に朱墨で、道長の名を書き連ね始めた。

「私と花房さまを引き裂く道長、許さないんだから」

恋の盲目の前には、相手が国一番の権力者でも恐れなど生じもしない。

その夜、道長は胸に奇妙な痛みを覚え、異変に気づいた花房は薬湯《やくとう》を用意した。

「伯父上、お仕事と心労が重なりすぎて、お疲れなのですよ」

道長は花房の肩へ頭を預けると、痛みのおさまった胸をゆるゆると撫でた。

花房は、その手をそっと握る。

「明日もまた胸が痛むようでしたら、薬師《くすし》と光栄さまの両方を呼びましょう」

「それよりも武春を呼んで、悪しきものを祓い飛ばす方が早い気もするが」

第三帖　夢想の風

誰にも期待されていない東宮《とうぐう》・居貞《おきさだ》は、跡継ぎの敦明《あつあきら》をもうけている。一条帝《いちじょうてい》の敦康《あつやす》親王よりも五歳年上の親王だ。

一条帝より年長の東宮ということで、意地の悪い貴族たちから嗤《わら》われている居貞にとっては、息子の行く末が気がかりだった。おのれがやがて帝位についた暁には、息子を東宮として立てたい。しかし、道長《みちなが》が敦康親王を擁しているからには、実子をその地位につけるのは難しいのではないか、とも居貞は気づいていた。

主上《うえ》の一条が、息子へ後をつなぎたいと願い、実娘の彰子《しょうし》が男児を産まねば、道長は敦康の後見として実権を主張するだろう。その想《おも》いがひとつとなれば、帝《みかど》と左大臣は再び軋《きし》みもしない両輪となって、宮廷の流れをつくっていくはずなのだ。

ふたりの協奏が、覆しようのない音を高らかにうたいあげた時に、なかば忘れ去られた東宮の居貞は、息子もろとも権力の潮流から遠くへ流されてしまう。

息子と共に、帝の座へしがみつきたいと願う居貞は、日に日に怯《おび》えをつのらせていた。

一方、愛息の敦康の身柄を道長に押さえられた一条帝も、色濃くなる不安は東宮・居貞とさほど変わりはない。実母同士が姉妹の一条と居貞は、叔父の道長が、身内のいかなる者すら政争の道具に見立てて、手持ちの駒《こま》にするのを知っている。

「花房《はなふさ》、左府への使いを頼もうか」

一条帝は、愛息を抱え込んだまま、その進退をいっこうに明らかにしない舅《しゅうと》へ、痺《しび》れを切らして文《ふみ》をしたためた。

『私は譲位して居貞を世継ぎとし、そのかわりに敦康を新たに東宮として立坊させたい』

息子への譲位を一代おいて成立させようという、主上からの頼みを、道長はのんべんだらりとはぐらかしつづけた。

そこには叔父甥《おい》の感情もなければ、舅と婿の情もない。ただ政治家としての執念が貫かれていた。

――私に一度ならず何度も刃向かったそなたを、帝に据えておくのは温情だと思え、懐《やす》仁《ひと》。そなたが詮子《せんし》姉上の子でさえなければ、今すぐにでも出家させて、寺で雨水すらせてやるものを。

はらわたが煮えくりかえるような想いを抱えていても、道長は敦康親王に対してだけは冷たくできない。「じじさま!」と慕ってくる幼児を、結局は愛しているのである。この二律背反に引き裂かれながら、道長は一条帝へ曖昧《あいまい》な返事を繰り返した。

『時が至れば、立坊は成立いたしましょう。しかし、いまだ至らず』

その返答の裏には、居貞親王を東宮の座から降ろして、敦康を後釜《あとがま》に据える計算もあった。使い勝手のよい者を、徹底的に使い倒すのが戦略家であり、道長もまた政界で揉《も》まれて、いつしか自然に、誰をも操るのが自分の生きる道だと思うようになってきたのだ。


叔父であり舅でもある道長の冷たいはぐらかしに疲れてきた一条帝は、中宮・彰子と敦康親王のために管絃《かんげん》の宴《うたげ》を催した。

一条帝は幼い頃から笛の名手として知られ、叔父の道長に強いられ彰子を娶《めと》る直前に、定子《ていし》へ『高砂《たかさご》』を繰り返し奏でてみせた夜があった。定子への謝罪と、生涯の愛を誓うためだった。

――そなただけを大切に想うのだから、赦《ゆる》してほしい……。

帝にとって結婚とは、政治活動に他ならない。愛情で人生を定めれば、国が揺らぐ。かの夜に泣いて詫《わ》びるかわりに『高砂』を奏でて以来、一条帝はこの曲を自ら封じてきたが、こたびの宴で再び奏でたのは、敦康の行く末を案じれば案じるほど、定子への想いがふきあがってきたからである。

哀悼と愛憐《あいれん》が、どこまでも澄んだ音色で、主上と呼ばれる悲しい男の心の底をうたう。

──誰も悪くはないのに、誰もが苦しむ。これが苦海の内裏《だいり》であるが、私は敦康のために決して折れぬ！　定子のためにも、敦康を護り抜かねば……。

定子は一条帝が初めて愛した女性だ。いかなる后《きさき》も、彼女を超えるときめきなど与えられはしない。

──定子っ！

息を吐き尽くして一曲を終えた一条帝は、声には出せない嗚咽《おえつ》を嚙《か》み殺《ころ》し、穏やかに花房へ水を向けた。

「花房、私のために何か一曲。どうかな」

乞《こ》われた花房は、帝の笛が何を唄《うた》ったのかを悟った。血を吐くような音色には、忘れようとしても、ぬぐい去れない想いが迸《ほとばし》っていた。

──ならば私も応えましょう。主上と定子さまと、そしてこれから共に生きていく方たちすべてのために、音曲《おんぎょく》を捧《ささ》げましょう。

花房は、父の形見である龍笛《りょうてき》に唇を添わせた。

どこから吹いてくるのだろうか、優しく穏やかな風を感じた。この風をまとって濁りなき形で笛の音に乗せたいと、花房は願う。

澄んでいく──。花房の裡《うち》に、涙が真珠と化して転がるような旋律が溢《あふ》れてきた。

かつて聴いたことのない曲であったが、花房は、今笛に唄わせるのは、走り出てきたこの音だ、と信じた。

――大切な方たちよ。私は誰もの幸せが形なすようにとの祈りを、至らぬ笛に託して、届けます……。

花房の抱く龍笛から、花吹雪がこぼれ出るように、清らな音が走り出す。花房が思い描くよりも前に音が走っていた。単に唄うのでも奏でるのでもない、聴く者すべてが打ちのめされるほどの綾《あや》の音が、宴の間を駆け巡った。

「おおっ」

一条帝をはじめとして、居並ぶ者は息をすることすら忘れた。押し寄せてくる音の波に総身が粟立《あわだ》たぬ者はいなかった。花房が主上と敦康親王、そして彰子へ捧げる愛情と忠誠心は、澄みきった音色で人々を貫いていく――。

そして、驚きと衝撃のあとには、優しくあたたかな波が、聴く者へと押し寄せた。慈しみに満ちあふれて、自然と涙がこぼれてくる。人が誰かを想い抜けば、その想いこそが千里をひた走り、胸を貫くのだと感じて。

「花房、そなた……私と、敦康のために、このような曲を……」

――主上、敦康親王さま、そして彰子さま。誰もが幸せになりますように。

笛の音に乗って駆け抜けた花房の心は、宴の座にいる者すべてに染みわたった。

――主上と敦康親王を、どこまでもお護りせねば。

「花房……その曲は初めて聴く。して、曲の名は？」

一条帝から問いただされて、花房は慌てて名を告げた。実は曲想を何も思いつかないまま、即興で奏してしまった曲だというのに。

「……『夢想』でございます」

「私と敦康のためを想って？」

深くは語らずとも見抜かれて、花房は頭《こうべ》を垂れた。

「その曲や、よし。これからは雅楽寮の者にも、伝えてやるがよい」

父・純平《すみひら》が伝えてくれた楽人としての血が、今やっと認められた。そう思うと花房の胸は誇らしさに満ちた。

「主上……私の実の父は、決して花山院《かざんいん》さまではございません。位の低い楽人の……」

「言わずともよい。そなたは、私の……ではないか」

父親の素性を語ろうとした花房の無粋を封じて、帝は宴をとじた。

大切な従弟だと、瞳《ひとみ》で語って。

帝の私宴で花房が褒《ほ》め称《たた》えられたという評判は、またたく間に知れ渡った。

「聞きましたか、あの花房が主上の前で即興で吹いた笛が、たいそうな名曲だと！」

「どのような曲でおじゃるか」

「なんでも聴いた者すべてが、泣かずにいられないような凄《すさ》まじい曲で、主上がはらはらと涙を……」

その演奏を直《じか》に聴いた者は、高らかに吹聴《ふいちょう》し、噂《うわさ》は噂を呼んで、枯れ野に放った火のごとく広がってゆく。

花房への執着を塗り重ねている、隆家《たかいえ》の義妹・康子《やすこ》は、その噂を聞くだけで身がよじれるほどの焦りにかられた。

「このままだと、誰かに取られてしまう」

宮廷貴族は政務で戦うのはもちろんのこと、和歌や管絃の才などでも主張して初めて「デキるやつ」という認識を得られる。即興で演奏した笛が主上に認められたとあれば、花房の人望は高まる一方だろう。

「お父さま、私、御殿勤めがしたいのです」

思い詰めた娘の申し出に、藤原宣斉《ふじわらののぶなり》は驚いた。受領の娘として、財には不足のない生活をさせていたはずが、何を突然言い出すのだろうかと不安になった。

「勤めるって、どこへだね？」

「土御門《つちみかど》邸です」

花房の身近にいたいと、康子は父親の袖《そで》を引っ張って、ねだりつづけた。

「お姉さまに隆家さまが通っているのですから、私には花房さまが似合うと思いませんか」

愛娘《まなむすめ》のおねだりに屈した宣斉は、牛車に大量の米を積んで、道長邸の家司《けいし》へ話をつけにいった。

「……これでひとつ、頼む」

政治の世界は、コネと賄賂《わいろ》で道が拓《ひら》ける。娘可愛《かわい》さに負けた受領のつけとどけで、康子は土御門邸へ潜り込むことに成功した。


「あいつ、想像以上に阿呆《あほう》ですね。身の丈にあった男に通ってもらえばいいものを、花房目当てに土御門へ入り込んだ」

義妹がしでかした無茶に呆《あき》れて、隆家は自邸でさんざんに腐していた。

伊周《これちか》・隆家の屋敷《やしき》で暮らすようになった清少納言《せいしょうなごん》は、憤懣《ふんまん》やるかたない隆家へ、楽しげに微笑《ほほえ》んでみせる。

「その康子さんという方は、花房をそれほど好いておいでなのですね」

「無駄な執着ですよ。あいつは……恋知らずの身だ」

「ま！　そうとばかりは限りませんけれども」

清少納言は艶《つや》を取り戻した唇を扇で隠しながらも、隆家の義妹にひとかたならぬ興味を抱いたようで、鋭い瞳にチラリと光を宿らせた。

「康子さんという方へ、今度、文でも差し上げてみようかしら」

「少納言。俺が言うのもなんだが、花房に惚《ほ》れるって段階で正気を失ってるぞ」

隆家の無責任な放り投げぶりに、才女は唇の端をあげた。


土御門邸では、北の方の倫子《りんし》が動く際には、大勢の女房が付《つ》き随《したが》う。

本来、彼女の実家である源《みなもと》家《け》の館《やかた》なので、婿として入った道長は、左大臣になった今ですら倫子には頭が上がらず、妻が女房を引き従えてやってくる時には、頬《ほお》が引きつることもある。

そんな館へ移り住んで十年あまりが経《た》つ花房も、倫子の女房集団の迫力にはたじろぐことがあった。

――本日はどこかの寺か神社へ、皆さま総出で参るのですか。

女仕立ての牛車が連なる車宿をチラリと視界の端にとらえた花房は、倫子に従う女房のひとりを見て、瞬間的にゾワッとおぞけだった。

「ねえ、今の人、どっかで見た気がしない？」

花房は、乳兄弟の賢盛《かたもり》へ訊《たず》ねつつ、おぼろげな記憶を探りなおした。門番を買収して館へ入り込んだ挙げ句、花房の寝所へ急襲をかけた康子と、その女房の姿が、どことなく似ているような気がするが……。

「花房、考えすぎだろ。隆家の義妹が、まさかここで働いてるって？」

賢盛は、花房の不安を笑い飛ばしてみせた。

しかし、あってはならないものを引き寄せるのが花房の体質である。

そして同じ頃から、道長は正体不明の頭痛をしきりと訴えるようになった。

暗い邸内へ彼女が訪れると、きらきらと才気が弾《はじ》け、淀《よど》んだ空気も洗われた。沼地に似た瘴気《しょうき》を抱える鬱々《うつうつ》とした親王の館へ、新鮮な風を運び込んでくれるようだ。

少なくとも親王は、そう信じたかった。

彼女は、翳《かげ》り多き親王を、陽《ひ》の当たる場所へ連れ出してくれる存在なのだから。

「本当にそのようなことで、あの道長が倒せるのか」

「東宮さま、ご安心なされませ。左府さまの布陣は、すでに掌握しております」

親王は神経質に、目をしばたたかせた。

「あの館には、陰陽師《おんみょうじ》の末が頻繁に出入りしていて、床下に厭物《えんもつ》を仕掛けても、簡単に見つけられます。だから屋敷で働く者を使って、内からじっくりと呪《のろ》うのです」

人を呪おうと誘う彼女の口調は、妙なまでに清々《すがすが》しい。非道な道長を倒すためと、おのれの正義を信じているため、何も恐れずに突き進めるのである。

「そなたの手の者が、土御門に？」

「はい、すでに手筈《てはず》はついておりますからには」

東宮は我が身と息子可愛さのあまり、道長を呪詛《じゅそ》する旨を受け入れ、闇《やみ》の修験者へ渡す品々を用意させた。道長を倒すことで自らが次の帝の座を早々に手に入れ、息子を東宮の地位に就かせようと、あらぬ夢を描いている。

「その……忌まわしいことを行う者への礼は、金の延べ板でよいのか」

「一番喜ばれる品でございましょう」

居貞親王を動かした彼女は、「——同床異夢」と胸の中でつぶやいた。実際、彼女が次期東宮へ押し上げたいのは、居貞の息子ではなく、定子が遺《のこ》した敦康親王なのだ。

——しかし今は、利用できるものは何でも使わねば。

最高権力者の道長に対抗するためには、どこまでも冷徹に駒を選び、事を運ばねばならなかった。

土御門邸を吹き抜ける風は、庭の木々や花がそよぎ立つ香りを乗せて、爽《さわ》やかに甘く薫る。いずれの季節にも絶えることのないように花が植えられた庭は、北の方である倫子の意を受けた庭師たちが妙をこらした百花庭園であった。

親から受け継いだ館を、夫・道長のために調《ととの》えている倫子の働きぶりは、表にこそあらわれてはいないが、土御門邸を訪れた者ならば誰しもが感じることである。

そして、今日も花房のもとを訪れた武春《たけはる》は、自邸の狭い庭では決して味わえない、涼しげな香りを嗅《か》ごうと、広い胸いっぱいに息を吸った。

「おかしいな?」

北から吹いてくる風に、焦げ臭い妙な臭いを感じた。

——悪《あ》しき者がいる!

それは確かな直感だった。

しかし、倫子の暮らす北の対へは、簡単には足を運べない。この館の女主人の居住空間は〝女だけの神聖な場所〟であり、倫子に招かれなければ訪ねることなど不可能だ。

——どうか倫子様、ご無事で。

武春は館の無事を祈ったが、悪意の主が何を望んでいるかまでは思い至らなかった。

倫子づきの女房のひとりが、花房の部屋を訪れた。

手には『枕草子《まくらのそうし》』の写本と小さな菓子の包みを持って。

「北の方さまが、どうぞとのことでございます」

花房と賢盛は、『枕草子』の新たな冊子を見て喜んだ。女主人・定子の死後も、清少納言は筆を折らず、精力的に随筆をしたためてきた。その最新の作が早々に倫子から回ってきたので、花房たちはニンマリとせずにはいられなかったのだ。

「少納言、今回はどんな話を書いているのかな」

花房が冊子を開くよりも早く、女房は浮かれた声をあげた。

「実はですね、少納言さまが直々に、その写本をお届けくださったのですよ」

「は？」

「なんでも、私たち女房のひとりと知り合いだそうで、御自《おんみずか》らいらっしゃって」

「は……？」

信じられないことを聞いた、と花房は首を傾《かし》げた。

清少納言は定子の死と共に内裏から姿こそ消したが、大ベストセラー作家である。

そんな彼女が定子を巡って因縁浅からぬ道長の館へ、たまさか知り合いの女房がいるからといって、わざわざ新刊の『枕草子』を届けにくるものだろうか。

「おかしいぞ、花房。普通に考えたら、道長様と少納言は仇《かたき》同士だ」

「……ってことは、何かやりにきた?」

花房は大慌てで武春を呼びにやると、屋敷をくまなく探させた。

「ね、武春。またもや厭物や呪符《じゅふ》が、どこかに仕掛けられたのではないのかな」

武春は邸内の床下を探った。厭物や呪符を仕掛ける際には、呪われる当人が暮らす部屋の床下が基本的な仕儀のため、見つけるのも簡単なのだ。

「ないね。呪符のかけらも見当たらない」

「じゃあ、少納言と倫子さまの女房は、単に知り合いだったのかな?」

ほっとした花房に対して、賢盛は警戒を解かない表情で首を傾げた。

「道長様を二回も呪ったんだ。三度目の正直を企《たくら》んでいるかもな」

花房たちが心配するように、呪われるのが〝お約束〟となっている道長である。

——ああ、今日も頭が痛い。

国政を預かる身としては、政務の問題だけでも頭痛が途切れないというのに、かてて加えて、中宮として入内《じゅだい》させた娘の彰子がいまだ一条帝の寝所へ召されず、少女の身のまま放置されている現状に、心を痛める毎日であった。

真の夫婦とならず、お飾りの中宮として留め置かれていては、当然のことながら孫の誕生など望めるはずもない。どうにかして彰子が皇子を産まねば、道長が外戚《がいせき》として盤石の体制を敷くには決定打を欠く。

さらに道長が不快をつのらせているのは、一条帝が別の女御を頻繁に寝所へ召していることであった。後継者づくりと政治バランスのために、主上は閨《ねや》でも自由には振る舞えない。たとえ愛していない女性であっても、有力な公卿《くぎょう》や親王を親に持っていれば、その家の体面のために寝所へ召さねばならないのである。

現在の一条帝が頻繁に召し寄せる女御の名は元子《げんし》。父親は、右大臣・藤原顕光《あきみつ》である。

亡き定子が、兄弟の伊周たちの起こした不祥事のせいで里へ下がらざるをえない状況の隙間《すきま》を縫って入内し、懐胎したのだが……。

なぜかこの元子の腹からは、水しか出なかったという、奇っ怪な流産を経てしばらくは宮中から姿を消していた。誰もが訝《いぶか》った事件であった。

男児をもうけねばならぬと追い詰められた末の想像妊娠であったのか、あるいは人に告げられぬ事情があったのか――。

定子の地位が揺らいだあとに迎え入れた后たちを、一条帝はできうる限りの優しさで遇しようと努めてきた。当然、不可思議な破水事件で嘲笑《ちょうしょう》を買った元子をも気づかった。愛情から始まった関係ではなくとも、確かに睦《むつ》み合《あ》った夜があり、その果てに不思議な事件が起きた、と一条帝は彼女を憐《あわ》れんで、召しつづけたのだった。

以来、元子は妊娠していないが、道長はまるで安心してはいない。

——他の后を召せばいつ何時、孕《はら》むやもしれない。四年前に元子に皇子が生まれていたら、敦康すら二番目の皇子になるところだった。

その事態を想像するだけで、道長の胃《い》の腑《ふ》はよじれそうになる。

右大臣・顕光は名門の出という以外には何の誇るところもなく、朝議の席ではトンチンカンな発言を繰り返しては失笑を買う男だ。大切な儀式の際にも失態を繰り返し、公卿たちは「愚か者の見本」とまで侮っていた。

そして、道長のみならず貴族の誰もが、顕光の娘に皇子が生まれ、愚かな右大臣が外戚として乗りだしてくることだけは避けたいと思っていた。顕光に天下を取らせたが最後、国の政《まつりごと》は迷走するであろうと恐れていたのだ。

しかし、定子亡き後の一条帝は、幼い中宮を寝所へ召し出すこともかなわず、他の后とは気が合わないとして、相変わらず元子と共寝をしていたのである。

——顕光の娘の流産はこちらに幸いしたが、この先、いつ子を授かるかもしれぬ。一刻も早く彰子を寝所へあげねば。

外戚政治で入内した娘にとって、愛や恋は遠い世界の話である。実際には皇子を産み、父親や親族の男性を政界で引き上げることこそが彼女らの第一義なのだった。

真夜中の土御門邸の裏庭へ、足音を忍ばせて降り立った女がひとり。倫子づきの女房として勤め始めた受領の娘・康子である。

北の方の倫子に仕えてみれば、同じ邸内で暮らすというのに、花房とは会うこともかなわない。また倫子が花房を呼び寄せる時は、お気に入りの上臈《じょうろう》のみを控えさせるため、同席もできずにいた。

「それもこれも全部、道長のせいなのね。私と花房さまの仲を邪魔して！」

まるで見当外れな逆恨みをつのらせる康子は、懐へ隠し持っていた紙人形へ、部屋から持ち出した切灯台の火をうつした。

メラメラと燃え上がる紙人形の胸には、藤原道長と朱で記されていた。

「焼け落ちよ、道長。私と花房さまとの間を裂く者は、絶対に許さない」

呪符や厭物を仕掛ける呪詛の場合、発見されて取り除かれてしまえば、それきりで効果はなくなるが、紙人形は現物が灰になるため、証拠も残さずに呪いをかけられる。

この一風変わった呪詛の法を康子に教えたのは、涼しげに笑って近づいてきた清少納言その人だった。彼女は康子を巧みに操って、道長を倒そうとしていたのである。

燃え尽きて灰となった紙人形――。

その焔《ほのお》の裏には、康子のみならず、多くの者の恨みつらみが籠《こ》められていた。

第四帖　忍従と背信

年が明けて、長保《ちょうほう》五年（一〇〇三年）の一月、藤原隆家《ふじわらのたかいえ》は今再び、帝《みかど》の側近《そば》くに控える侍従へと昇進する。

花山院《かざんいん》へ矢を射かけたり道長《みちなが》への呪詛《じゅそ》に加わったりと、一連の騒動で一条帝《いちじょうてい》に厭《いと》われていたものの、本来はいとこ同士、定子《ていし》を通じて愉《たの》しく過ごしてきた季節もあったのだ。隆家が敦康《あつやす》親王のために、望みもしない結婚を承《う》けて、彼なりに尽くしていることも、一条帝の怒りを解く一因となった。

また隆家も、叔父の道長を立てた態度をつづけている。ひとつは甥《おい》の敦康のため、もうひとつは道長が懐深く抱える花房《はなふさ》のため、そして勝機が訪れるまでは力をためておこうとする彼なりの戦略でもあった。

その忍従の姿勢が買われ、隆家は帝近くに侍《はべ》る侍従へと復帰がかなったのである。

侍従と蔵人《くろうど》は主上《うえ》の身近に控えるために御覚えめでたく、つづいての昇進が約されたも同然の職種である。

花房は従兄《いとこ》の昇進を我がことのように喜んだが、隆家の顔色はいっこうにすぐれない。甥の敦康親王の立場は今もって定まらないまま、道長が命運を握っているためだ。これでは隆家が、身をひさぐ結婚を引き受けたことすら、無意味となってしまう。

「道長叔父は、敦康を飼い殺しにするおつもりか」

「ううん、可愛《かわい》がっているよ。この間だって一緒に馬に乗って」

「本当に可愛がっているのならば、次の東宮《とうぐう》として立てるように準備すべきだろうが」

道長が、いざ政争の場となると冷徹に豹変《ひょうへん》することが、花房にはまだ心底理解できていない。

隆家は政治にはとことん不向きな従妹《いとこ》へ、不憫《ふびん》がる視線を向けた。

「小さい頃からお前を護《まも》ってきた賢盛《かたもり》と武春《たけはる》は、今までどれだけ苦労したのだろうな」

「なっ！　失礼な。賢盛と武春は、私にとっては兄弟同然。苦労なんて……」

「お前は、問題ばかり引き寄せているだろう」

「え、隆家のこと？」

「俺はいいんだよ！　お前が男だろうが女だろうが、俺が従兄だって事実は変わらない」

そうだね、と花房は怒りっぽい従兄へ慰めるような瞳《ひとみ》を向けた。彼が怒りっぽくならざるをえないのは、花房が鈍感すぎるせいだと気づかずに。

「俺を憐《あわ》れむ目で見るな。今では、ぽーっとした妻に息子もできて、それなりに愉《たの》しい人生だ。気にかかるのは敦康の今後だけで。……いや、お前もか」

突然、あたりをうかがう視線を走らせた隆家は、声をひそめた。

「それより、例の康子《やすこ》だが。あいつが土御門《つちみかど》へ勤め始めたのを知っているか？」

「え？　やっぱり……」

倫子《りんし》に従う女房たちの一群に、やはり康子はまぎれ込み、あれは見間違いではなかったのだと、花房は唇を噛《か》んだ。

困惑している花房の心のうちを、隆家は不器用なりに探って片頬《かたほお》を歪《ゆが》めた。

「お前が女とも知らずに、追いつづけるとは哀れなやつだ」

追う方の哀れさを知りぬいている隆家だが、追われる身の辛《つら》さも、慮《おもんぱか》れるようにはなっている。花房の肩をそっと抱くと、隆家は囁《ささや》いた。

「いざとなれば俺に言え。お前のために、隠し館《やかた》のひとつくらいは用意してやる」

それは、遠回しの求婚だ。心の底では隆家も、花房を諦《あきら》めてはいない。

侍従の重責を任され、帝の側近くに仕えるようになった隆家は、蔵人の花房と顔を合わせる機会も増えた。そして、記憶の匣《はこ》へ〝過去〟として放り込みきれなかった想《おも》いは、つのっていく。会うたびに嵩《かさ》を増していく。

花房は曖昧《あいまい》に笑って、従兄の視線を避けた。彼の純愛に応《こた》えるすべなど、持ち合わせてはいないのだから。

「花房さまっ。あの光輝《みつてる》親王さまが、また都へ戻っているそうでございますよ」

　菜花《なばな》の局《つぼね》が雲雀《ひばり》のように騒ぎまくる様を、彼女の息子の賢盛は「始まったよ、母上の月《げっ》光《こう》の宮《みや》びいきが……」と苦々しげに無視して、花房を車宿へと連れていった。

　敦康親王を擁して道長から政権を奪おうとした親王が、再び都へ帰ってきている。

　これには賢盛のみならず、のんきな花房も顔色を変えた。

　花房が、陰陽師《おんみょうじ》の館を訪れるのは、決まって相談事のある時だ。

　光輝親王が都へ戻っているのはなぜか、と問われた武春は、卦《け》をたてる式盤を動かしてみた。すると方盤の上に載る円盤が、クルクルと右へ左へと動き出した。ひとたび走り始めたら止まらない。

「……なんて卦《け》だ！　明らかに、おかしいぞ」

　鷹揚《おうよう》な武春が、渾身《こんしん》の力で式盤の不可思議な動きを止めた。

　光輝親王が都へ帰ってきたのは、前回の叛乱《はんらん》よりもさらに凄《すさ》まじい意図を抱えているためかもしれない。花房はそう察した。

「お会いしないといけないね」

　美貌《びぼう》の親王に対面しようと心を決める。

賢盛と武春を従え、花房は光輝親王が二条に構える館を訪れた。

秘密裏に帰っているはずの光輝親王は、花房を快く迎えると、甘やかに笑いかける。

「久々にそなたを見れば、いっそう清々《すがすが》しくなっているではないか」

この美しい親王に見つめられると、花房の心臓は早鐘を打つ。彼が真剣に花房を想っているると知ったあとは、なおさらだ。

――うろたえてはいけない。

一年前、光輝親王は花房への恋慕をきれいに締めくくって、宇治《うじ》へと去っただろうに、花房の胸はまだ疼《うず》く。その気持ちを読んでいるのか、親王は悪戯《いたずら》っぽく扇へ唇を寄せた。

「その様子では、まだ私にも機会があるようだ」

「なっ、なにをおっしゃいます」

「桜のつぼみを無理せず開かせるには、室《むろ》に入れて温めるやり方もあると聞く。どうだ花房、私と一緒に室へ籠《こ》もらぬか」

「そ、それは……」

賢盛と武春が気色《けしき》ばむ。

「ふふっ、愉しい三人衆よ」

親王は、花房に従うふたりも同時にからかうのが大好きなのだ。

「相変わらず、粋を解《げ》さぬようだが、それもまたよし。それはそうと、中宮の彰子《しょうし》様は、いまだ主上のご寵愛《ちょうあい》を受けていないようだね」

花房は、いきなり政治の話へ斬《き》り込《こ》んできた親王の、笑いの裏に隠れた真意を読みかねて、いかに応えようかと迷った。

──昨年まで、敦康親王を立てて伯父上から政権を奪おうと計画されていた方が、何をおっしゃるのだろうか。

道長の政権を決定的に固めるのは、娘・彰子の懐妊。皇子が生まれれば、第一子の敦康を飛び越えて次期東宮の位へつけることも考えられた。

「親王さまは、まさか中宮さまのご懐妊を……」

「怖がらぬ者が、果たしているであろうか。しかし、主上のお手がつかぬとあらば、杞憂《きゆう》というもの。雛遊《ひいなあそ》びしかできぬ后《きさき》に、子はなせぬ」

ふふっと親王は笑いを噛《か》み殺すと、背後の几帳《きちょう》へ視線を投げた。

その瞬間《ころ》、几帳がかすかに揺れた、と花房は見て取った。

──ん……？

「政治の話は、艶消《つやけ》しでいけない。さて、そなたがせっかく訪れたのだ。ならば、一曲共に奏でてはみまいか」

「いかなる曲でございますか」

「新たにおこした『宇治の雪』という拙《つたな》い曲ではあるが。桜の花の香が残る唐衣を抱いての侘《わ》び寝が、切なくて……」

親王が独り寝で抱いて寝た唐衣とは、以前に花房が賭《か》けで負けた代償として、女装した際にまとったものだ。その衣は花房の身体《からだ》から自然と匂《にお》い立つ桜花の薫りを吸って、親王の好き心を慰めたようなのだが……。

「ししし親王さま、唐衣の話は、そこいらでやめていただいて、合奏しましょう！」

それがいい、と賢盛と武春も思いっきり頷《うなず》いた。風流の場へ頭が切り替わると、光輝親王は突如、色恋とは別の冴《さ》え方を見せるのだ。

「え、この話をあと半刻《はんとき》はつづけようと思っていたのだが、止められるとは心外だ。しかし、花房が共に奏じてくれるとあれば、喜んで伝授するとしようか」

光輝親王が新たにおこした曲は、琵琶《びわ》と龍笛《りゅうてき》の合奏曲だった。

まずは笛の唄《うた》いを、花房に教える。親王が形よい唇を添わせた龍笛は、以前に花房が聞《き》き惚《ほ》れた名器〝銀糸鳥《ぎんしちょう》〟。花房の視線は、その笛に吸い寄せられた。

目がはなせない。この笛に惹《ひ》かれて賭けに乗り、挙げ句、女装する羽目になったのだ。

——またもや、その笛を持ち出されますか。

「琵琶が呻《うな》って、このきっかけで龍笛が、タラトヲラリラリで入ってくるのだ。ここから追いかけの合奏となる」

「タラトヲラリラリですね」

「そなたなら、簡単にこなせるであろう」

親王は、すいっと愛器を花房へ手渡した。

「唄わせてみよ、花房」

憧《あこが》れの笛〝銀糸鳥〟を初めて手に取れば、花房の気持ちはいやが上にも高まる。

――親王さまは、私へかくもすばらしい笛をお貸しくださる。私のために新たな曲まで作ってくださった。

親王の琵琶がゆっくりと、雪に覆われた宇治の情景を語り始めた。白銀の世界につのる静寂と世を儚《はかな》む気持ち。雪景色を眺めていた瞳はやがて遠く都を見つめ、我が手を離れてしまった人を恋いしのぶ。

「添えよ、花房」

促されて花房の笛が唄い始めた。親王の琵琶の音に支えられ、〝銀糸鳥〟は高らかに宇治の冬景色と恋模様を描き出す。

――ああ、親王さまと共に奏でられるなど、勿体《もったい》ないほど幸せだ。

以前は『青海波《せいがいは》』を共に舞ったが、その時もかほどの風流人と共演できる幸福を噛みしめたものだった。

花房の胸の奥に溢《あふ》れる熱いものは、恋情に似ている。しかし、もっと気高い憧憬《しょうけい》であった。陶然とした花房をさらに酔わせるように、親王の琵琶の確かな音が誘いかける。

——躊躇《ためら》わずに、どこまでも朗々と唄い上げろ、と。

次の瞬間、花房の意識は宇治の雪景へと飛ばされた。傍らには白銀に照《て》り映《は》える光輝親王が寄り添い、雪化粧を施した寒椿《かんつばき》の枝を愛《いと》おしげに眺めている。

『そなたと雪見の逢瀬《おうせ》としゃれ込もうか』

『親王さま……』

『寒くはないか。もそっとこちらへ』

光輝に肩を抱き寄せられ、花房は総身がとろけるような感触に襲われた。

『恐れるな、花房。恋を語るに何の障《さわ》りがあるものか。そなたの宿業《しゅくごう》なぞ、捨て去ってしまえ』

『私は……誰かを恋い慕うなど、まるで知らずにきたのです』

『降りたての新雪のようなそなたの心へ、初めての一歩を刻むのは私か、誰か』

それは、花房の心を刹那《せつな》の急で駆け抜けた幻だった。

——あっ！

演奏を終えた光輝親王は、満ち足りた笑顔を惜しまずに、花房へ贈った。

「そなた、私の心が見えたようだな」

「親王さま……勿体のうございます」

優れた演奏者は、楽曲に乗せて恋を伝えることさえ可能だ。

顔から火が出そうなのは、花房だけではなかった。ふたりの合奏に聞き惚れていた賢盛と武春も、頬に血の色をのぼらせていた。

「……どう聞いても、花房を口説いていたな」

「俺、怖くてたまらなかった」

武春は、花房が親王の胸に身を投げかけた幻を見て、あたふたしていた。

「親王様は、花房のこと、全然諦めていないじゃないか……」

野暮な感想を囁き合う者たちの前で、洒脱《しゃだつ》な親王は花房が返した〝銀糸鳥〟へ、これ見よがしに唇を重ねた。間接的な口づけだ。

「あっ！」

「賢盛、武春。口惜しやのお」

花房の唇の跡が残る龍笛を、ひとしきり奏でて、親王はいたずらっ子の表情をきらめかせた。

「花房の情けが欲しくば、貸せる笛の一管も持たねばな」

大らかな親王の物言いに、花房は苦笑した。溢れるほどの才覚と遊び心で人を翻弄《ほんろう》する親王が、帝位に就けなかったことを残念に思う。もしも彼が主上となり、道長と共に走っていけば、それはそれで愉しい治世となっていたのかもしれない。

しかし、世に帝はひとりしか必要とされず、光輝は母親の身分の低さゆえ、帝位争いの線上に並べなかった。

——世の中は不公平なものだ……。

その時、また几帳の奥が揺れた。明らかに誰かがこちらをのぞいている気配がする。

「親王さま、どなたか隠れておいでのようですが」

問いかける花房へ、親王は曖昧な笑みを浮かべて、はぐらかした。

「黄金と瑠璃《きんるり》。世の話として耳にしてはいたが、まさかかくも美しいものとは……。だが、宝玉は、そうそう他人に見せるものではない」

意味深な含み笑いをつづける光輝の様子に、花房は親王の新しい想い人が、几帳の陰に隠れて、演奏を愉しんでいたのだと察した。

「さあ、花房。再会の挨拶《あいさつ》は済んだ。これからはいつでも遊びに来るがよい」

「はい、お言葉に甘えますれば」

花房を名残惜《なごり》しげに帰したのち、光輝は几帳の奥へと、慈しみの視線を投げかけた。

それを待ち構えていたように、高く透き通った子どもの声がした。

「あれが、胡蝶《こちょう》の君という者か。私も話したかった」

「いずれ、そなたと私との三人で、楽の音を重ねる日もくるであろう。それまでに腕を磨いておかねばな」

光輝親王は、几帳の奥へ一管の龍笛を滑らせた。それは、さきほど花房が奏でた名器

『銀糸鳥』。笛を贈るからには、相手は男性ということだ。

「胡蝶の君は、あんなに上手なのだもの。私も精進しなければいけないね」

「よききっかけで会わせてあげるから、安心おし」

親王の手招きで、子どもが几帳の奥から飛び出してきた。灯火に照らされて、角髪《みずら》が金色に輝いていた。

「おや?」

土御門邸を訪れた武春は、花房に連れられて道長の居室へ顔をのぞかせた。近頃、しきりと頭痛を訴える道長は、病鉢巻《やまいはちまき》きを締めての執務中だった。

「丸薬も煎《せん》じ薬《ぐすり》も効かぬ。やはり武春に取り除いてもらうしか」

花房は、山と積まれた書状を精査する伯父の背へ白い手を添えた。

「働きすぎなのですよ。ねえ武春、伯父上がまた呪詛をかけられているのなら」

「言われなくとも」

武春は、道長の衣に焚《た》きしめた香が以前と異なっているのに気づいた。

聞けば北の方が、新しく調えたものだという。頭痛に苦しむ道長の気分が晴れるよう、伽羅《きゃら》に蓬《よもぎ》を混ぜた上に、梅や桜だけでなく多くの花の薫りを足したという。

「明るい薫りだね」

花房は、道長の新たな薫き《た》物を喜んだが、武春は、なぜか不協和音を聞き取っていた。

「いつからこれを、お使いに？」

「つい最近だ。倫子殿の女房の中に調香の才が冴えている者がいるらしく、そちらのあつらえに変えてみたのだ」

「その香、見せてください」

道長は、年若の陰陽師の目つきが突然鋭くなったと不審がり、妻の倫子から新たに渡された香を確かめさせた。

「これは！　何かが」

伽羅にいくつもの花が戯れかかるような薫りだというのに、低い呻りのような別の旋律が身をかがめながら紛れ込んでいた。

「俺には判別しかねます。でも、読み解ける方を知っております」

花房を連れて、武春は氷宮《ひのみや》の陰陽師を訪れた。

陰陽の道において優れた者は数多《あまた》いるが、その律を用いてさまざまな香を生み出すのは、白金の髪をなびかせる彼の得意わざであった。まだ日本が唐の都との交流があった時代に、日本へ渡ってきた渡来系陰陽師の子孫は、武春から手渡された香を嗅《か》ぐや否や、空色の瞳を見張った。

「明らかに呪《しゅ》がかかっています。沈香《じんこう》や花の香で隠していますが、この香そのものが厭物《えんもつ》です。伽羅が立てば蓬が引きずりおろし、花の香が持ち上がれば没薬《もつやく》が足を引っ張る。陰陽の律を知っている者が入念に練り上げた、とんでもない香です。すぐさま捨てさせなさい。館からできるだけ遠くへ」

言われて花房は、武春の判断が間違っていなかったのだと知った。

「武春、一刻も早く伯父上を助けねば」

「そうだな、花房」

きりりと立ち上がった武春へ、異形《いぎょう》の陰陽師は案じる目で鋭い声を飛ばした。

「左府様の頭痛は、この香が原因でしょう。気をつけなさい！　すでに呪詛する者の手先は、館に入り込んでいます」

「それはいったい誰なんです」

水色の瞳を持つ陰陽師は、手を叩《たた》くと宙空に〝空鏡〟と呼ばれる透視用の幕を張った。ところが〝空鏡〟をのぞくや、怪訝《けげん》な面持ちとなった。

「呪詛の相手の顔が見えません。煙幕を張られたようです」

「煙幕？」

「呪詛の依頼者の顔を隠すために、あらかじめ牽制《けんせい》の術をかけられたようです。大した術者を使っていますね」

武春と花房は青ざめた。普段ならば、あざやかに答えを導き出す氷宮の陰陽師が、まどうほどの術者が対手なのだという。

「男と女と、それも複数。煙幕の奥でおぼろげに見えるのはその程度でしょうか」

「あとは？」

花房は重ねて問いかけた。道長を助ける手がかりならば、どんなに小さなことでも知りたかった。

「あとは……黄金と瑠璃が来ます。これも道長様にとっては脅威となります」

「黄金と瑠璃？」

どちらも財宝である。それがやってきて、どのような脅威となるのか、花房には思いもつかない。むしろ歓迎すべきだと思ったのだが。

「この黄金と瑠璃は、光を背負って、道長様を脅かすでしょう」

「どういう意味でしょうか」

「詳しくは見えません。私がわかるのは、誰かが天をも欺く強い意志で、何かを隠しているということだけです」

謎《なぞ》ばかりがつのっていく答えであったが、陰陽師は香壺《こうご》に用意していた新たな香を武春に渡した。

「毒消しに効く『浄』です。これからは、この香をお使いになるよう、道長様へ強く申し上げてください。そして、あの忌まわしい香は、化野《あだしの》あたりへ捨てにいくように」

死者を弔う地へ捨てろと言うからには、道長へ仕掛けられた呪詛の香は、とことん呪《のろ》われたものらしかった。

武春から新たな香の『浄』を渡され、道長は片眉《かたまゆ》をぴくりと上げた。

「まさか倫子殿の女房の中に、私を呪詛する者がいるとは」

「道長様は敵だらけですから」

「指摘されるまでもない」

『浄』の香を受け取った道長は、逞《たくま》しく育ち上がった武春の長い手足を眺めると、目を細めた。

「お前は、本当は武官になるべき者なのだがな」

「いや、俺は陰陽の家に生まれていますから、他の道は」

「そうだな。だからこそ、私が呪詛を仕掛けられても、お前が破ってくれる」

道長は武春を招くと、その大きな手に干した杏《あんず》をひとつ載せた。

「ご褒美だ」

「嬉《うれ》しいです」

昔から道長は、人に贈り物をするのが好きだった。喜ぶ顔が見たいのだ。幼い武春へ菓子を渡しては、まず道長が破顔していた日を、ふたりして思い出す。

「これからも頼む。そして花房も護ってやってくれ。あれは、なまじきれいに生まれついたばかりに、難儀な人生のようだ。奥手なくせに男にも女にも狙《ねら》われて」

言われるまでもない。武春は頷くと、貰《もら》った干し杏をかじった。甘酸っぱさが口の中だけでなく胸の奥にも広がる。

――花房。俺の大切な……桜の姫君。


「早々にバレてしまったとは、相手も抜かりがないこと」

土御門邸へつとめる康子と接触し、道長への呪詛の香を託した清少納言《せいしょうなごん》は、あっという間に見抜かれてしまった不手際を文《ふみ》で知らされ、ついぼやいてしまった。

土御門邸へ出入りする若い陰陽師が、呪詛の香を捨てさせたという。

――おそらくは、あの子。

定子の後宮へ仕えていた頃、花房に従ってきた〝ふたり目の従者〟を、清少納言は忘れてはいなかった。

――宮さまが〝夕占《ゆうけ》〟を行いたいと言った時に、不思議な香を用意した、あの子が私の計画を見破った。

清少納言は、道長が〝押さえの道具〟として抱え込んでしまった敦康親王の将来を憂う。

――道長さえ廃してしまえば、主上は敦康さまを東宮にするために、すぐに退位することでしょう。そして居貞《おきさだ》親王が践祚《せんそ》して、敦康さまへ東宮位を譲るはず。

敦康親王を立坊するためには、道長の強権がどうしても邪魔であった。

――宮さまの大切な御子《みこ》を、必ず東宮にしてみせます。たとえ人の心を捨てても。

清少納言は、彰子の内裏で暮らし、会うこともかなわない敦康のために、一心に祈り始めた。道長を除き、隙《すき》あらば居貞親王すら廃して、一気に敦康親王を次の天皇につけたいと。

亡き皇后・定子への愛情が深いゆえに、清少納言の呪詛と祈りには迷いがない。以前は光輝親王を利用して失敗したが、今回は居貞親王を呪詛の首謀者に立てることで、いざ露見した時にも敦康を護れると、新たな絵図を描いたのであった。

土御門邸では、道長の主催で『打毬《だきゅう》』の試合が行われていた。騎乗しながら杖《つえ》で毬《まり》を打つ勇壮な競技は、なまじの乗馬の腕ではこなせない。参加者は花房たち三人をはじめ、馬の上手ばかりであった。

花房の巧みな手綱さばきに、見物の女房たちは歓声をあげ、賢盛が勢いよく毬を運べば、黄色い声をあげる女たちはうっとりとする。

「花房さまー、頑張って！」

「賢盛さま、素敵っ」

武春と隆家の駒《こま》も、ぶつかり合いを恐れずに、馬場を疾駆する。

「誰もが見事なものだ」

やんやの歓声の中、隆家と花房が毬の奪い合いで競《せ》る姿に、道長は左大臣の立場を忘れて、大きな声を張り上げた。

「花房、そなたの駒は小回りがきく！　切り返して、毬を持って逃げろ」

隆家へ声援を送るのは、彼の郎党や仲のよい武官たちである。大柄な彼に合わせて、その持ち馬も体軀《たいく》は大きい。

「隆家様、そんなへなちょこ蔵人、当てて潰《つぶ》しちまってください！」

「ちょこまか動いて、こしゃくな。花房、やらぬぞ」

馬の体格差を利用して、馬力で押し切ろうとした隆家と花房の間へ、一気に突っ込んできて、花房の駒が弾《はじ》き飛《と》ばされるのを防ぐ者がいた。

「させるか、隆家っ」

武春であった。力負けしそうな花房を護る盾となった武春は、隆家の杖から毬を奪うと、すかさず花房へと渡した。

「ありがとう武春」

そのまま一直線に駒を走らせた花房は、毬門へ毬を打ち込んだ。

「でかした花房！」

打毬のように大がかりな競技ができるのは、ひとえに道長の権勢あってのことである。花房の得点を我がことのように喜ぶ左大臣に対し、見物で呼ばれた東宮・居貞は不機嫌な態度をとりつづけていた。九条流《くじょうりゅう》直系の甥の自分よりも、家の外で生まれた甥を可愛がるのが面白くないのだ。

「東宮は、あまり興に乗っていないご様子」

道長が不満げに訊《たず》ねると、居貞は素っ気なく返す。

「荒っぽいものは苦手です、左府」

「花房は、雅《みや》びも十分に嗜《たしな》みますよ。舞わせても、管絃《かんげん》の腕も大したもの。唯一の苦手は恋の風雅くらいです」

「あわれな……」

居貞親王は、宮廷人の嗜みである恋愛とは無縁と聞き、侮蔑《ぶべつ》の笑いを投げた。

だが、恋知らずと噂《うわさ》される花房へ、女性たちの投げかける眼差《まなざ》しは熱い。その一団でもとりわけ一途《いちず》に見つめる女性がいた。倫子づきの女房として館へ入り込んだ康子である。

「花房さまっ、素敵すぎます！」

黄色い歓声に紛れていたが、康子の叫びには異様な迫力があった。

なぜこんなに美しい殿方との結婚を、道長は拒絶するのだろう。自分の実家には財産があり、ふたり並べば似合いの美男美女となるはずなのに。

――お邪魔虫の道長！　でも、私には強い味方がついているんですから。

打毬の試合が終わり、馬から下りた隆家は、見物の女性陣に康子を見つけると、声をかけた。

「花房の応援か。ご苦労なことだ」

「隆家お義兄《にい》さま」

「いい加減、家へ戻れ。舅《しゅうと》殿も心配している。逃げ水を追いかけるのはよせ」

剛毅《ごうき》な隆家を畏《おそ》れもしないで、康子は睨《にら》んだ。

「ふん、お邪魔虫」

「なっ。それが義理の兄へ言う言葉か」

ふたりの一連のやり取りと、新参の女房を取り巻く妖気《ようき》に、武春は気がついた。

──道長さまに呪のかかった香を用意したのは、彼女だ！

武春が康子の背後に何がいるのか凝視していると、視線を察した隆家が、慌てて武春の肩を抱き、館へと連れ帰る素振りを見せた。

「知り合いですか？」

「例の康子だ。花房へ懸想して、強引に土御門で勤め始めた」

花房の寝所へ、門番を買収して入り込んだ女性だと、武春も勘づいた。

──花房目当ての女性が、なぜ道長様を呪うのだろう。

武春は考えたが、花房に恋した女性が道長を呪詛するに至る経緯がまるでわからない。

そして、彼女を取り巻く邪気には、幾人もの気配が隠れていた。


打毬のあとの宴《うたげ》も終わり、花房と賢盛を引きつれて光栄《みつよし》の館へ戻った武春は、年嵩《としかさ》の従兄に頼んで康子にまつわる卦《け》を立ててもらった。

光栄は花房の白い面をしげしげと眺めながら、不憫《ふびん》そうにため息をついた。

「花房殿についている生霊《いきすだま》が、今度は道長様を呪詛しているとは」

「そうなのです、光栄おじ。土御門へ上がり込んで、倫子様のおつきをしています」

「相変わらず、とんでもないものばかりを引き寄せる方だ」

式盤では方角や日時の吉凶こそは占えても、康子の背景は追い切れない、と光栄は半紙と筆を用意した。

「むんっ！」

気をいれると、宙空へ躍った半紙へ、筆が勝手に文字を書き始めた。式神を使って、康子を探っているのである。

『花房……結婚』

宙空の筆がクルクル舞いながら、文字を連ねていく。

「ははあ、花房殿への執着が元で、左府様を呪っているようですね」

『否……道長……呪』

合点がいったと、光栄はパチンと指を鳴らして式を解いた。半紙が音も立てずに武春の膝《ひざ》へ舞い降り、筆は文机《ふづくえ》の上におさまった。

「相変わらず、凄《すご》い式をお使いになりますね」

「なんの」

平然としたままの陰陽師は、呆気《あっけ》にとられている花房に、事の真相を告げた。

「花房殿へ執着している康子なる女性は、親を通じて、道長様へ結婚の申し入れをして、断られたようです。そこで道長様を逆恨みして、呪詛に走っている」

「ええっ、そんな理由で、伯父上を呪っているの？」

賢盛も仰天した。おそらく今までだって、道長がひそかに握りつぶしてきた求婚者はいたはずだ。

「政治的な理由で呪詛されるんならまだ納得できるけど、花房がらみで呪われちゃ、道長様の命がいくつあっても足りないぜ」

「まあ、そんな形で人の恨みを集めるのも、花房殿が背負う〝傾国〟の宿業でございますれば、お気をつけくださいませ」

「はあ……〝反射の香〟だけじゃ防ぎきれないんだね」

花房が深いため息をつくと、陰陽師・光栄の表情に鋭さが宿った。

「ただし、その女性の恨みを、誰かが利用している気がします。道長様の香に呪をかけたり、煙幕を張る術者を使ったりと、たいそう大がかりです」

「つまり黒幕がいて、あの康子という方は、手先として使われているだけですか」

「はい、左府様は敵が多い。お気をつけて、常に目をこらし、耳を澄ましていなさい。康子という女性を操っている背後の人間が、浮かび上がってきます」

花房は、ごくりと固唾《かたず》を呑《の》んだ。

土御門邸へ戻ると、花房は菜花の局が着せかける夜着に袖《そで》を通しながら、つぶやいた。

「ねえ、倫子さまのところへ新しく入った女房が、伯父上を呪っているようなんだ。それも、私との結婚を断られたからって」

「ま！　いつぞやの、とんでもないお姫《ひい》さまでございますか！」

「そんな暇《ひま》があるのだったら、物語のひとつでもものしてみればいいのに」

花房は、やっていられないという顔つきで、「衾《ふすま》参る」と乳母へ申しつけた。

「花房さま、これから私が寝ずの番をいたします」

「やめてよ、乳母や。一回、賢盛に撃退されたのだから、二度目はないでしょう」

「油断はできないぞ。この邸内に入り込むわ、道長様に呪詛かけるわ、やっちゃいけないこと連発の女だ」

塗籠《ぬりごめ》にしつらえた床で、衾へ入った花房は、ぐったりと脱力した。

「伯父上も私も、揃《そろ》って狙われているなんて」

「心配だな、これから俺が一緒に寝るわ」

衾へするりと潜り込んだ賢盛を見て、花房はありし日を思い出す。はからずもクスリと笑みがこぼれる。

「昔みたいだね」

息子の唐突な行動に、乳母は顔色をなくした。

「ななな、なんて真似《まね》を！　花房さまは姿こそ男でも、中身は姫さまなんですよ！」

「でも昔は、一緒に寝ていたよ。賢盛は乳兄弟だし、何の悪いことが」

「それは子どもの頃の話です！」

まるで意に介さない花房と、烈火のごとく怒る母親を見比べながら、賢盛は渋々と衾から起き上がった。

「洒落《しゃれ》が通じないなあ……」

乳兄弟の瞳に剣呑《けんのん》な光が宿った。

「ネズミが忍び込んできた時のために、俺が猫として番してようと思っていたのに」


打毬の試合とその後の宴席で疲れた土御門邸は、誰もが早く寝ついていた。

寝静まった邸内を、足音を忍ばせて歩む女がひとり。今日の試合で花房の勇姿を眺め、いっそうの恋心をつのらせた康子であった。

打毬見物で興奮し、その後は宴席に駆り出された女たちは疲れ果て、北の対はもとより寝殿の女房たちも、すでに寝静まっている。

振る舞い酒が回った邸内の衛士たちまでも、いぎたなく鼾《いびき》をかいていた。

今宵《こよい》こそが、稀《まれ》に見る好機の到来であった。

西の対へ、細心の注意を払いながら、一歩また一歩と進みいる康子は、ついに花房が休くってしまえば、あとは……。

むしろ塗籠の扉に手をかけた。

—今宵は花房さまだって、疲れ切って熟睡しているはず。だからこそ既成事実さえつ
くってしまえば、あとは……。

扉を押し開けば、予想どおりに花房が衾をかぶって、健やかな寝息を立てていた。衾に包まれた華奢《きゃしゃ》な身体と焚きしめられた柑橘《かんきつ》花の香。やっとここまで接近できたのだ、と灯火が揺らめくだけの暗がりで、康子は紅《あか》い唇を綻《ほころ》ばせた。

—今まで我慢していましたの。でも今宵、いただきますわ！

彼女は迷わず、花房の夜具の上に飛びかかった。

「花房さま〜、康子でございます！　今宵こそ、衾を共に〜！」

喜色満面で衾を剝《は》いだ彼女の手首を、ガッと力強い手がつかんだ。

「っ！」

「残念でした」

夜具から顔を出したのは、してやったりと片頰を歪ませた賢盛であった。

土御門邸あげての催しに疲れ、館中《やかたじゅう》が眠り込んでいる今宵こそ、彼女が忍んでくるに違いないと先読みし、待ち構えていたのだ。

「ひどいっ！」と康子が激昂《げきこう》すれば、賢盛の美貌には冷たい笑みが浮かんだ。

「どっちが。お前に夜這《よば》いをかけられた花房の方が、百倍きついぞ」

「あなたは、知らないのよ！　私がどれほど花房さまをお慕いしているか」

——恋に理性を乗っ取られた人間とは、会話が成立しない。

諦めきった賢盛は、康子をまたもややすやすと担ぐと、簀子《すのこ》へ放り出した。

「いいか、お前の家へ通う隆家だって、花房へ執着して、どえらい真似しでかしてた時期があったんだぞ。今でこそ、お前の姉貴と結婚して、なんとなく落ち着いてるが」

「お義兄さまが⁉」

「何なら本人に訊《き》いてみろ。花房と衣まで交換している」

衣を交わすのは、一夜を共にした証《あかし》として受け取られる。賢盛の、底意地の悪い情報の出し方は、康子の誤解を最大限にまであおり立てた。

「つまり花房さまは、殿方同士で契る方だとおっしゃりたいのね。意地悪！」

「だって事実なんだもん。さ、用なしの女房どのは、受領《ずりょう》さまのお館へ帰った帰った」

賢盛からこっぴどく叩き出された康子は、恨む相手をひとり増やした。

「呪ってやるから！」

「はいはい、お疲れさまでした～」

翌日早朝から、道長よりも賢盛が、ひどい頭痛に襲われた。

「ううっ、締めつけられるように痛い」

「賢盛、大丈夫？　まさか私のために？」

普段は病の気すら見せない賢盛の、ひとかたならぬ不調を気づかい、花房は乳母を促すと、急ぎ薬湯《やくとう》と鉢巻きを用意させた。

「賢盛、お前でも風病《ふうびょう》になるのかな」

「いいや、違う。絶対に、あの女が呪ってる」

痛みにギリギリと奥歯を嚙みしめる賢盛の様子は、かつて見たことがない。それは何度も呪詛をかけられた道長に酷似していた。

「武春を呼ぼう」

花房の呼び出しで、武春は土御門邸へと駆けつけた。幼なじみが、痛みに苦悶《くもん》している姿を見るなり、総毛立つ。

「ねえ武春、間違いなくおかしいよね」

「最初から言ってるじゃないか。花房に迫って、道長さまを呪ってる女が、俺にまで呪いをかけてるんだよ」

額に脂汗を浮かべている幼なじみの形相は、まさに呪詛をかけられている者特有の、締め上げられたものである。言われて武春は、すぐさま魔を祓《はら》った。

「立ち去れっ」

ふっと重さが抜けていった、と賢盛は病鉢巻《やまいはちま》きを解き放った。

「武春……お前、式神は使えないけど、凄い才能だな。一瞬で頭痛が消えた」

毒舌家の賢盛に褒められて、武春は照れくさそうに鼻をこすった。

「俺には、〝破魔破邪の陽気〟しか武器はない。だけど、退けることはできる」

「それは凄い力じゃないの？　伯父上を助けて、光輝親王さまだって救ったんだ」

花房が尊敬の眼差しで見上げると、自らをポンコツだと思う陰陽師は、自信なくかぶりを振った。

「本当は、破魔破邪の結界を張り、悪《あ》しき者からの攻撃を避けねば一人前じゃないんだ。だけど、俺にそんな力はない。来たものをその時だけ祓う……」

対症療法でしかない、と唇を噛んでうつむく。身の丈六尺を超える大柄な武春が、花房には雨に濡《ぬ》れた気弱な犬に見えた。

「大丈夫、武春ならいつかは、皆が認める陰陽師になるよ」

いつかではなく、とっくの昔になっていたかった武春は、頭痛のおさまった賢盛の肩や背中をさすって、悪意の残り香を祓いおとしていった。

「きっとまた来るよ。この手の人は、一度や二度じゃ諦めない」

恋の執念に根ざした呪詛は、動機が純粋な分、簡単には退けられないと、すでに三人は知っていた。それはすでに二度も、清少納言が攻撃を仕掛けてきたせいだ。

——三度目がなければいいけれど。

光輝親王の館を出たあとの清少納言を花房は気づかった。彼女の、純粋すぎる定子への想いこそ、いつ誰に利用されるかわからない脅威なのだ。

土御門邸で勤めを始めた次女が、いっこうに帰ってこない。

さらに婿の隆家からも、「早く引き取った方がよろしいですよ、舅殿」と嫌味を言われ、ついに受領・藤原宣斉《のぶなり》は腰をあげ、土御門邸に棲《す》まう花房のもとを訪れた。

「え、隆家のお舅さまが、私を訪ねてきた？」

失礼があってはいけないと、花房が狩衣《かりぎぬ》を整えようとしたので、賢盛は眉を跳ね上がらせた。

「隆家の舅が、どうしてお前へご機嫌伺いにくる？　その受領は、例のおっかない〝追いすがり女〟の父親じゃないか」

「あ、そっか」

「そっかじゃないぞ。とっとと帰ってもらえよ」

連日の頭痛を武春の大きな手で散らしてもらい、どうにかしのいでいる賢盛は、頭痛を仕掛ける張本人の父親の来訪にむくれていた。

「でも、娘のことでお詫《わ》びにきたのかもしれない」

「ま、普通だったら、菓子匣《ばこ》のひとつでも持って謝罪しにくるのが筋だよな」

賢盛も納得したので、花房は藤原宣斉を迎え入れた。

向かい合えば、受領といえばつきものの強欲で小狡《こずる》い印象はさらさらなく、人のよさそうな小心者と見てとれた。花房は、恐縮しきった態《てい》の宣斉に、やわらかく微笑《ほほえ》んだ。

「して、本日のご用件はいかがなものです、隆家の舅さま」

「はっ、娘の康子のことでございます。まったくもってお恥ずかしい限り」

やはり康子が寝所へ二度も忍び込んだ件で、詫びにきたようだ、と花房は賢盛と視線を交わした。おそらくは隆家から、きつく叱《しか》られたに違いない。

「いいのですよ、気にしておりません」

「いや、気にしていただかなくては。娘は真剣なのです」

「はあ、そのお気持ちは重々に……」

「おわかりいただけますか」

人のよさそうな受領の顔色が、途端に冴えた。

「では、娘を娶《めと》っていただきたい」

「は？」

「嫡妻にとは申しません。あなた様は隆家殿と同じく九条流のお家柄、我が家とは家格が釣り合わないのは、端《はな》から承知しておりますれば」

「ええっと……」

「どうか、康子のもとへ通っていただきたい！　あなた様の暮らしは、私めが存分に支えさせていただきます」

予想に反した申し出に、花房はすぐには切り返せなかった。

「聞けば、この左大臣宅で面倒を見てもらって久しいというではありませんか。五位の蔵人にふさわしい館ならば、すぐさま用意いたします」

「ありがたいお話ですが……」

「遠慮はいりません。胡蝶の君と呼ばれる方を婿に迎えられるのならば、何の財を惜しみましょう。あなた様と一夜を過ごすためなら、全財産をはたいても構わないという公達《きんだち》が、数多いるではありませんか。私とて同じこと」

妙な話が勝手に転がり始めている。

――まさか……。

「私めは、あなた様に舅殿と呼んでもらいたい。ふたりきりで酒を酌み交わし、歌を贈り合う仲になりたい」

――来たっ！

にじり寄ってきた宣斉の気配は、花房を婿に取りたい男のそれではなかった。

「どちらもお断りです」

「そこを曲げて。康子のもとへ通えば、漏れなく私もついてくるということで」

「どちらも要《い》らないと申し上げているではありませんか」

「屋敷《やしき》に高級牛車《ぎっしゃ》もつけますぞ。康子ひとりで満足しないというのならば、妾《めかけ》を蓄えても結構でございます」

どこまでも勘違いして、いっこうに悪びれない受領だ。さすが寝所へ強引に忍んでくる女性の親だけあると、花房は呆《あき》れた。

「あなたのお嬢さんを妻に貰うくらいならば、内裏を逆立ちで一周します」

「そこまで娘がお嫌いか」

「好き嫌いの問題ではなく、結婚できないと申し上げております。お引き取りください」

「でも……」

なおも食い下がる宣斉に、堪忍袋の緒を切った賢盛は啖呵《たんか》を切った。

「花房は、あんたの娘と結婚するくらいなら、馬とするってよ」

この悪口《あっこう》には、さすがに厚顔な受領も打ちのめされ、すごすごと帰っていった。

「受領って財を持っているから、強気の姿勢なんだね」

花房が呆気にとられていると、賢盛が険しい目許《めもと》をいっそう尖《とが》らせた。

「隆家を婿に買った実績があるから、自信満々なんだろう。あの親にしてあの娘ありだ」

賢盛は、野良犬に置き土産《みやげ》をされたような面つきで、宣斉が座っていた褥《しとね》を払う。

「もう我慢できない。道長様に言って、あの女、クビにしてもらおう。花房の寝こみを襲うわ道長様を呪うわ、最悪だぞ」

「私へ夜襲をかけてきたのは事実として、伯父上へ呪詛をかけた件は、確たる証拠もなしに言えないよ」

「光栄殿が言ってるじゃないか」

「それでもだ。左大臣を呪詛したなんて噂が立っただけでも、大事になる」

もしも康子が呪詛したと訴え出たら、父親の受領はもとより、その家の婿である隆家も火の粉をかぶる恐れがあった。花房とて従兄の暮らしに波風を立てたくはない。

「お前、隆家が従兄だからって、やたらと甘すぎるんだよ」

賢盛は花房の烏帽子《えぼし》をポンポンと叩いた。烏帽子を叩く行為は本来侮辱だが、乳兄弟の賢盛を完全に信頼しきっている花房は、照れくさそうにうつむいた。子ども時代、よく乳兄弟がやった仕草を思い出したのだ。

「もう、子ども扱いしないでよ」

「せめて警戒心だけは、大人になってくれよ、花房」

賢盛の剣幕に追い払われ、すごすごと館へ帰った宣斉は、長女のもとへ通ってきた隆家に泣きついた。財で血筋を買った結婚であったが、息子が生まれてからというもの、隆家は小夜子《さよこ》のもとへ七日に一度は通ってきている。それなりに娘と仲睦《なかむつ》まじくなってきた通いの婿へ、花房のすげなさを訴えてみた。

「隆家殿。そなたの従弟の花房殿の心は、氷でできているのか。この私が心を尽くして頼んでも、康子との結婚を呑んではくれぬ」

花房が困り果てた様を思い描いて、隆家は舅から顔を背けた。

「花房、可哀想《かわいそう》に」

「可哀想とはどういう意味だ。康子の何が不満なのだ。父親の私から見ても美しいぞ」

「姿形はそうでしょう。でも、花房の相手には、決定的な何かが足りませんよ」

曖昧に笑って舅の前を去ると、隆家は妻・小夜子の部屋へ足早に向かった。

花房へ言い寄る宮中の上卿《しょうけい》たちは、基本的に恋愛遊戯には優雅さを求めている。だが、舅は剥《む》き出《だ》しの要求を花房に突きつけたのだろう。それを想像すると、花房が不憫でならなかった。

――俺や光輝親王ならば、引き際を心得ているが、我が舅殿と康子ときたら……。

厚顔な父娘と同じ血を引くとは思えない内気な小夜子は、隆家の訪れを、毎回はにかんだ表情で迎える。

「殿、お越しくださいまして、嬉しゅうございます」

子どもをもうけた今でも、九条流の御曹司である隆家を雲の上の人として扱っている。人を人とも思わぬように育てられた隆家から見ても、小夜子の遠慮ぶりは過剰に思えた。

——俺の子を産んでくれたのだ。もう少しだけ、ふたりの間の垣根を取り払ってみようか。

女心のわからぬ無骨者の隆家が、宮中の洗練を知らぬ妻と語り合おうとしても、ふたりの共通の話題はひとつしかない。それが花房だった。

遠慮がちな小夜子が、花房の話題だけは、お腹《なか》を空《す》かせたひな鳥さながらの眼差しでねだってくるのだ。

恋も知らずに結婚し、母親となった中流貴族の姫が、宮中でも名高い貴公子の花房に憧れを抱くのは当然のなりゆきと、隆家は微笑ましく思える。妻を不実と思うより前に、花房が認められた気がして、くすぐったいような嬉しさを覚えるのだ。

「今宵は、花房が作った曲を吹こうか」

「嬉しゅうございます」

「主上の前で即興で吹いて、お褒めにあずかった『夢想』という曲だ」

「花房さまは、笛の名手ですのね」

「楽人だった父親の、才を受け継いでいるらしい」

隆家は、触れ合った記憶もない花房の父親がどのような人物かは知らないが、花房の顔立ちは父親譲りだと、道長から聞いた覚えがある。

——花の顔《かんばせ》と楽の才、か。そのふたつだけでも、宮中の人間は皆夢中になる。

愛用の笛を取り出すと、隆家は花房の作った『夢想』という曲に、整理のつかぬ想いを乗せて、最初の息を吹き込んだ。

歌い出しは、寒風の中でつきあげる慟哭《どうこく》のような高音が、一気に駆け抜ける。しばらくの静寂の後に、切々と優しい音が、人の世の無常と情の絡み合いを、幾重にも重ねていく。

——花房が、主上と敦康と姉上のために作った曲だ。彼らに幸多かれと祈って。

そして、隆家の笛の音にうっとりと聞き惚れるのは妻だ。財産目当てで結婚したが、いつの間にか、彼の心を癒《い》やす存在となっていた。互いに求め合うことはなく、同じように花房へ恋い焦がれる奇妙な心のあり方ではあったが、同じ者を愛するという点でふたりの気持ちは寄り添うようになっていた。

「美しい曲ですね」

「花房らしい音だ。高音が連なっている。あいつの声みたいだろ」

「殿は、花房さまが本当にお好きなのですね」

小夜子は夫が隠してきたはずの恋心を、すでに見抜いていた。

「わかっております。男の方同士でも、恋をするのでしょう。あれほど美しい方なのですもの。殿が恋をして当然です」

「……いろいろと誤解があるとは思うが、そこは説明しない」

隆家が陽《ひ》に灼《や》けた貌《かお》に血の色をのぼらせたので、小夜子は笑った。

「不思議です。私も殿も、花房さまの話をするだけで、幸せになってしまって」

「おかしな夫婦だと、思われるのだろうな」

「いえ、私は本当に嬉しいのです。殿と語り合えて」

隆家は、内気な妻が頬を真っ赤に染めているのを見て、改めて不思議な夫婦なのだと
思った。花房に恋をして、かなわぬ恋をふたりして追いつづけるのが愉しいとは――。

「こんな夫婦《めおと》がいてもいいか」

「殿。花房さまと契ったことがおありでしたら、私に教えてくださっても」

「それは言えないな。ふたりだけの秘密だ」

「あるとおっしゃってますわ」

「言えないと言っているだろうが」

隆家は、笑い転げている穏やかな顔立ちの妻を抱きしめた。

――花房。こいつとふたりで、お前を好いていく。俺は小夜子に優しくできるだろう。

お前が言ったとおりに、優しくしていくよ。

かなわぬ恋が、ひと組の夫婦の情愛を築いていく希有《けう》なこともある。見つめる先が同じならば、心は通い合うのだ。

「花房、今日は彰子と敦康のもとへ、いくぞ」

勢いよく花房の部屋へ押し入ってきた道長は、衣冠束帯ではなく直衣姿である。中宮・彰子と敦康親王に、身内として会うつもりなのだ。

しかし、従五位の花房は、直衣では昇殿できない。

「伯父上、これから整えませんと」

「いいから」

「よくはございません。直衣で参上したら、不敬にあたります」

「面倒くさいことだ、そなたも。いっそのこと三位に上げてしまおうか」

「やめてください！　それをやってしまったら、私は何を言われるか」

花房が必死になって止めるのを、従者の賢盛は、面白げに眺めていた。

「いっそのこと、三位にしてみたらどうですか、道長様」

そそくさと塗籠へ籠もって着替えをする花房が、なぜ奥へと閉じこもるのか理解ができない道長は、軽口を叩く賢盛へ、無邪気に訊ねた。

「なにゆえに、花房はここで着替えないのだ」

「うーん。奥ゆかしいっていうのかな」

「女でもあるまいに、何が奥ゆかしいだ……」

時間をかけて、衣冠束帯に身を整えた花房を見つめ、道長は目を細めた。

「まあ、きれいに仕上がっているから、よしとしようか」

菜花の局が丹念に、女であることを隠してから、装束を整えた末での格好である。胸の膨らみは晒《さらし》で押さえ、身体の曲線を隠すように、糊《のり》と火熨斗《ひのし》をきかせた装束であった。

――すでに定子さまと光輝親王、そして隆家にはバレている……。

この重大な秘密を、いつまで保っていけるのか。

花房は不安になりつつ、道長の牛車に同乗した。

「敦康へは、次は何を贈ろうか。花房、お前ならばいかがいたす？」

左大臣・道長は、ふたつの感情に引き裂かれつつ、敦康親王へ傾く想いに流されつつあった。何の疑いもなく慕い寄ってくる明るい眸《ひとみ》。これをどうして憎めようか。

「じじさま！」

実の孫であったら、迷わずに帝の地位へ一気に押し上げようものを、伊周《これちか》・隆家というおじがいて、その背後には高階《たかしな》家が手綱を取ろうと待ち構えている。彼らに政権を奪われるわけにはいかないがゆえに、東宮の地位に就ける気はなかった。立坊したら最後、娘の彰子の子が生まれた際には、廃するのが難しいのだ。

――可愛いからこそ、扱いに困る。

道長の悩みを、花房も同じく感じていた。

定子の機知と明るさを見事に引き継いだ親王だ。現在の東宮、居貞よりどれほど優れているか、幼児でもわかるほどの才知に溢れていた。

――光輝親王と、いずれは並ぶほどの……。

一条帝は後継者として、どこへ出しても恥ずかしくない息子を持っていた。


のろのろとしか動かない牛車の中で、道長はこめかみを強く押さえた。

「ここ毎日、頭が痛くて仕方がない」

薬師《くすし》が調合した薬湯では、この痛みは引きはしない。

――武春が来ないと、伯父上の頭痛は治らない。

花房は、道長の謎の頭痛を呪詛によるものだと判じていた。武春が呪詛の元だと睨むのは、花房に想いを抱いた康子の逆恨みであったが、同じ邸内に棲んでいても、道長の部屋へ押し入ってくる念の強さは、並の怨念《おんねん》ではなかった。幾重もの結界を破って、道長に襲いかかってくるのである。

「おかしいな。どんな手を使っているのか、皆目見当がつかない」

武春は、床下や壁に貼《は》った護符を点検したが、破られた跡すらない。

——ということは、念だけで一気に突破してきている。

呪念が研ぎ澄まされた時、結界すらもやすやすと通り抜けるという。そのため、結界も式神も簡単に打ち破られてしまっていた。

「花房。今回の呪詛の主は、ひとりじゃない。康子という女房は、手先にすぎないんだ」

「つまり、伊周と、高階家の一族と、清少納言と、あとは誰？」

武春は、呪い手の先を読もうと気配を辿《たど》ったが、すぐに断ちきられてしまった。重く厚い煙幕の式が張られていたためである。

——伊周どころじゃない相手が、本気で呪っている！

とてつもない術の使い手が、道長を呪い殺そうとしているというのに、花房にはそれを防ぐ手立てがない。

——武春、どうしたらいい？

道長は、大甥の敦康に対して、現在できる限りの愛情を注ぎながらも、政局を見定めてから行方《ゆくえ》を決めようとしていた。

どれほど愛していようが、敦康は〝道具〟でしかないのである。それを最初から見きっている道長は、胸が千切れるほどの痛みを覚えつつ、昇殿した。

――彰子、そして敦康。きれいに駒が並ぶまで、お前たちには親子でいてもらう……。


東宮の居貞親王から、一条帝へ文が届いた。

和歌が一首添えられていた。

『人の親の　心は闇《やみ》に　あらねども
　子を思う道に　惑いぬるかな』

藤原兼輔《かねすけ》の有名な歌だが、それは表向きに整えられた文の字面である。

実際は一条帝へ暗に譲位を促し、敦康を次期東宮に、そして居貞の子・敦明《あつあき》をその次の東宮にしてくれと頼む、矢のような催促だった。

一条帝が息子の敦康を愛すれば、居貞親王も息子の敦明を可愛がる。

ふたりの貴人が息子たちを愛すればこそ、政変の芽はにわかに育っていく。

彼らが排除したい最大の敵は――左大臣・道長。

一条帝も居貞親王も、共に道長への複雑な思いを抱え、苦しんでいた。

第五帖　結縁《けちえん》

中宮・彰子《しょうし》は、数えで十六歳となった。

実年齢よりも幼い姿の彰子であったが、一条帝《いちじょうてい》はついに真の夫婦となることを決めた。その決断の裏には、敦康《あつやす》親王の立坊を実現させるため、まずは道長《みちなが》の機嫌を取り結んでおこうとの意味も込められていた。

――可愛《かわい》い従妹《いとこ》。

穏やかな気持ちしか抱けない中宮を寝所へ召して、主上《うえ》は初花を奪った。定子《ていし》とのめくるめく恋とはまるで別の穏やかな刻《とき》が、ふたりを真に結びつけた。

――生涯、愛《いと》おしんでゆこう。

一条帝の心優しさは、誰にも知られるところである。

彼が彰子を妻として愛した三日のあと、宮中では「彰子にくし」という声があちこちで囁《ささや》かれた。形ばかりの中宮から正式な妻となった彰子に対し、他家の貴族たちが妬《ねた》みと憎しみを、惜しげもなくぶつけるようになったからだ。

「やっと、彰子も主上のご寵愛《ちょうあい》にあずかったようだ」

娘が一条帝と結ばれた途端に、道長の頭痛もひどくなっていった。

「今日も誰かが私を、呪《のろ》っているのであろうなあ」

痛みにギリギリする頭を、病鉢巻《やまいはちま》きでくる道長へ、花房《はなふさ》はいたわりの抱擁を与えるしかなかった。

「伯父上、武春《たけはる》を呼びにいきましょうか」

「そうだな。夜中になると、頭痛が増すから……」

「わかりました。一緒に寝てくれるように、頼みます」

「……一緒に寝なくてはならないのか」

花房から呼び出された武春は、ふたり寝がしつらえられた褥《しとね》を前に、長い睫毛《まつげ》に縁取られた目を、思いっきり見開いた。

「ええっと、俺は道長様のためなら、寝ずの番だってするよ。でも、一緒に寝るの?」

「お前たちが言うには、倫子《りんし》殿の女房になっている女が、私に呪詛《じゅそ》をかけているそうではないか」

康子《やすこ》が邸内にいるために、道長への呪いの通り道となっているようである。すぐさまこの康子を館《やかた》から追い払うべきなのだが、確たる証拠もない現在、館本来の主人である倫子の許可も得ずに、彼女を辞職には追い込めなかった。

「夜中に何か変なものが飛んでくるのだ。それを追い払ってほしいのだが……」

道長は、ふたつ並んだ枕《まくら》を見やって、呪いとは別の頭痛にこめかみを押さえた。

「まさか、そなたと一緒に寝る日がくるとは……」

「俺は、床で添っていれば」

「お前が張りついていないと、呪詛は祓《はら》えないだろうが」

道長のたっての頼みで、武春は背中にぴったり張りついて寝ることになった。夜半過ぎまで、ふたりは身を強《こわ》ばらせたまま起きている。

「男ふたりでは、まるで愉《たの》しくない……」

「俺だって」

そして夜も深まった頃に、青黒いものが飛んできた。人ひとりの邪念ではない重さで、道長へ飛びかかってくるのだ。

「すぐさま立ち去れっ」

武春の一声で、その重い邪念は飛び散る。

「道長様、あの女房ひとりの呪詛だけではありません。これは何十人分だと思います」

「何十人分とは。私も人気者だ」

「どころか。あの人だけでは、あんなに凄《すご》い念は飛ばせません。とてつもない人が、本格的にやっているかと思います」

道長は、全身で庇《かば》ってくれた武春の額に滲《にじ》む脂汗を見て、自分を呪う者が誰なのかと思い巡らせた。十指にあまるどころか、どれほどいるかわかりもしない。

──まず、主上が私を嫌っているからな。

だが、呪いは撥《は》ね返さねばならない。つけ込まれる弱さを殺し、陰陽師《おんみょうじ》の力を借りて、呪った者へ打ち返さねばならないのである。

「武春。誰を見張ればよいのだ？」

「倫子様についている、康子という女房でしょう」

「隆家《たかいえ》の妻の妹だといったな」

「そうですが、おかど違いの理由で道長様を呪っています」

「つまり？」

「花房との結婚を申し込まれて、断られましたよね。それを恨んで呪詛しているのです」

道長は唸《うな》った。

「隆家が身売りした家へ、花房をだと？　愚かな……」

平安貴族は嫡妻の家へ婿として入ってからが出世競争の真の始まりとなる。たとえ男の親が偉くとも、実際は妻の家の後ろ盾がないと、身が立たないのである。

しかし、道長は花房を誰とも結婚させようとは思わなかった。婚家へ花房をやる気がなかったためであった。

「花房へ執着している女、私を呪うがよい。だが、そなたが撥ね返せ、武春」

「はい」

武春は、夜間に絞って康子本人を見張ろうと思い立った。

北の対の裏手にある雑舎が、女房たちの住居である。

――康子は、北の対に終夜詰める〝番〟の日には、自由に動けないはずだ。

花房は賢盛と共に、彼女が非番の夜を選んで、雑舎を見張ろうと決めた。

道長を逆恨みする康子が、何かを仕掛けるのはいつなのだろう。どのような呪詛のわざをかけるのだろうか。

見張りつづける日々だったが、康子はするりと監視の目をすり抜ける。

「なんだか不思議な人だよね」

深まる夜の寒風の中、康子を待つ花房のつぶやきに、賢盛は唇の端を尖《とが》らせた。

「お前に惹《ひ》かれる人間は、不思議なやつばっかりだよ」

「それは誰？」

「そこら中《じゅう》にいる……」

耳を澄ませば、動きを忍んだ音がする。雑舎から誰かが庭へと降りてきたのだ。

「花房、気配を消せ。逢《あ》い引《び》きならば可愛いけれども、丑三《うしみ》つ時《どき》ともなると、ちょっと遅いだろ。おそらく……」

賢盛は、花房を背に隠すと、闇《やみ》の中でうごめく人物へ目をこらした。

女装束に、手には小さな灯《あか》りを持ち、庭のあちこちを見まわしている。

――明らかにおかしい……。

花房は息を詰めた。やがて庭の隅へと身をかがめた女性は、懐から紙人形を取り出すと、手に持っていた灯りの火を付けた。

「燃えよ、燃えよ、燃えよ道長！　燃え尽きよ！」

その声で、花房と賢盛は確信した。道長を呪詛した張本人は、邸内の彼女だと。

「ついに見つけたぞ、お前！」

「ひっ！」

賢盛に現場を押さえられ腕をつかまれた康子は、愕然《がくぜん》と目を見開いた。そこに花房が立っていたからだ。

「私……私は」

花房は、土御門邸にまで入り込んだ康子を、どこか気の毒に思う。

「ごめんなさい。私はあなたの気持ちに応《こた》えることはできないのです」

花房に頭を下げられて、康子はやっと正気に返った。

「私は、その……」

「あなたのせいではありません。私の問題です。誰とも恋をしてはいけない身なのです」

「私、花房さまが、こんなに好きなのに……」

康子は、ついに泣き崩れた。これほどの浅ましさを恋する人に目撃されて、平気でいられるほどの恥知らずではなかったのである。

「私は本当に花房さまが……」

「いかに想《おも》ってくださっても、伯父上を呪う人を、私が好くことはありません」

花房が彼女の行状を道長へ告げれば、父親の宣斉《のぶなり》のみならず、下手をしたら隆家たちも糾弾される恐れがあった。その騒動だけは未然に防ごうと、花房は悲しく笑った。

「あなたと、大切なご家族のためです。どうか里へお帰りください」

報われぬ恋に落ちた康子の手を、花房は静かに包んだ。人を恋するのは、誰の罪でもないとよくわかっている。

「あなたの想いを、ありがたく受け取りますゆえ」

それ以上は何も言わず、何も問わずに、花房は康子を実家へ帰した。彼女が誰かに利用されて、道長を呪ったとしても。

――もしも私が女だと知ったら、あなたはどう思うだろうか？

強い光の眸《ひとみ》を持つ女性・康子も、宿命の前には膝《ひざ》を屈するしかなかった。

康子が館を辞したと同時に、道長の謎《なぞ》の頭痛はやんだ。

「きっつい女だったな」

土御門邸の北の対に宿っていた呪詛の主を追い払い、胸を撫《な》で下《お》ろした賢盛と武春だったが、宣斉の館では、誰よりも義兄の隆家が康子に同情していた。

「どうして花房に恋して、そこから道長叔父を呪うのか、その思考回路がわからぬ」

義妹に呆れはするものの、実際はその心の痛みも知っている。子どもの頃から花房を慕いつづけ、小夜子《さよこ》と一緒になっても花房の影を追い求めている今なのだ。

「花房は、生まれる前から恋をしてはいけないと、陰陽師に託宣されている身だ。追うだけ無駄というわけだよ」

「では、一生誰も娶《めと》らない気ですか」

「おそらくな」

「この私の気持ちはどうなるのです」

「鴨川《かもがわ》へでも捨ててくるしかないな」

望みのない恋に思いをつのらせた挙げ句、清少納言《せいしょうなごん》に利用され、道長を呪詛するまでに堕《お》ちた康子は、今さらに我が身をどこまでも浅ましいと恥じた。人を呪う姿を、まさか恋しい花房に見つかるとは、死んでしまいたいほどの情けなさである。

「……私、出家します」

思い詰めた康子を隆家は哀れんだ。しかし、それが最善の道とも思えた。

「花房と叔父上には、俺が謝っておくから」


土御門邸を訪れ、義妹の不始末を詫《わ》びる隆家に対し、道長は鷹揚《おうよう》に構えてみせた。秘密裏に処理すればよい不祥事を、身内のしでかしたことだと、堂々と謝罪する態度は好ましいともいえた。

「そなたは筋を通す男だ。嫌いではないぞ」

そして、現在書類の上がっている政治案件について、相談を持ちかけた。

隆家は直情径行の気質ではあるが、実務能力は高い。その点をもう一度評価して、重用しようと腹を決めたためだ。

本来は叔父と甥《おい》が手を携えて宮中を渡っていかないと、他家の勢力に、いつしっぺ返しを喰《く》らうかわからない時勢だった。

「顕光《あきみつ》が家の元子《げんし》を、主上は先だっても召したようだな」

「はあ……。何せ色気のある女御ですから、主上もまんざらではないようで」

「一度は、不思議な破水事件もあったほどだしな」

一条帝の子を懐胎したと得意満面で里帰りしたあと、その御腹《おなか》からは水しか出なかったという奇っ怪な噂《うわさ》のあと、またもや後宮へ返り咲いたのは、父親の顕光が右大臣の地位に就いているからではない。女性として成熟している元子を、一条帝も憎からず思っているのは明らかだった。

「我が家の彰子は、歳《とし》よりも幼く見えるせいかな。どう思う、花房」

問われて花房は、女御・元子の貌《かお》をちらりとのぞき見た時に感じた、奇妙な印象を思い出した。

女性としては背が高く、凹凸《おうとつ》のはっきりとした細面《ほそおもて》であった。肌の色も、青みを感じるほどの透明感に満ちている。

――あの感じは、氷宮《ひのみや》の陰陽師とどこか似ている……。

隋《ずい》や唐との国交があったその昔、渡来系の美姫《びき》を呼び寄せて妻妾《さいしょう》に加えていた貴族もいたと聞く。

――あるいは元子さまは、そうした血が出ている方なのかもしれない。

花房が考え込むさまに、道長は焦《じ》れた声を出した。

「噂によれば、やたらと背が高いというではないか」

「はい、でも不思議な魅力のある方です」

「彰子や定子よりもか。あの宮中始まって以来の馬鹿《ばか》の娘だぞ」

道長は、政治家としての動物的直感こそ優れているが、決して学問に秀《ひい》でた頭脳の持ち主ではない。それどころか、ちょっとでも気を抜けば、誤字や脱字を山盛りにして文を送る粗忽《そこつ》な面もあった。

そんな道長から「宮中始まって以来の馬鹿」呼ばわりされる右大臣・顕光も、気の毒なものである。一条帝と共通の話題をつくるために、最近やっと漢詩の勉強に身を入れ始めた道長すら「馬鹿」と罵《ののし》る右大臣を、果たして宮中の知恵袋と呼ばれる藤原実資《ふじわらのさねすけ》や行成《ゆきなり》は、どこまで見下しているのだろう。

「伯父上、右大臣さまは、とっても面白い方という評価でよろしいのでは」

「とっても面白い方の娘に、親王でも生まれてみろ。とっても面白い方が私にとってかわって、この国全体がとっても面白くなる」

「……それは、困りますね」

花房と道長が、絶妙の間合いでやりとりする会話を聞き、隆家はニヤリと笑った。

「俺ならば、右大臣のクビを取りますよ。頭を潰《つぶ》してしまえば、女御のひとりやふたり、怖くはありませんよ。ねえ、叔父上」

姉の定子を追い落とされた隆家は、外戚《がいせき》政治のからくりを知り、辛酸をなめさせられた過去がある。祖父や父親、そして男兄弟が政治の中心から外されたあとの后《きさき》は、丸裸にされたも同然の扱いを受ける。実家の援助を受けられなくなった親王も同様だった。

——あの苦しみを、敦康には味わわせまい。そのためには、叔父上を守《も》り立てていくさ。そして花房、お前を護ろう。どんなことをしても……。

隆家は外連味《けれんみ》の多い会話も得意だ。道長との波長が合えば、会話は弾んだ。

「隆家。そこまで言うのなら、あの馬鹿のクビ、取ってくるか?」

「やっぱり刀のサビになるので、やりたくありません」

「新しい刀をあつらえてやるぞ」

「では、玉鋼《たまはがね》を三千回打った、何でも斬《き》れる太刀を作ってください」

「なんでも?」

「そうです。左大臣のクビすら、一瞬で落とせるスゴモノを」

冗談と本気が入り交じる会話を豪快に繰り出す隆家は、笑い転げる花房へ目を配った。

恋はかなわなくとも、おじといとこ同士として、三人で軽口を叩《たた》き、あるいは政治の深い話をして互いに認め合う。痛みを乗り越えて、愉快な記憶を積み重ねていこうと、道長は赦《ゆる》し、隆家もまた赦そうとしていた。そして輪の中心にいるのは花房だ。

笑い顔が眩《まぶ》しくて、隆家は花房へもう一度、視線を送った。

そして──その時、初めて気づいてしまった。

大きな子犬のような濡《ぬ》れた眼差《まなざ》しで、遠慮がちに花房へ付《つ》き随《したが》っている武春が、何を隠してきたのかに。

大切な人を追い求め、護ろうと必死な者の眸《ひとみ》に宿る色は、皆同じだ。

——武春、お前も俺と同じだったのか……。

彼女の宿命を知り、また身分の違いを痛感している武春は、想いを全身全霊で隠している。告げてはいけない、悟られてもいけない。友人として、守人《もりびと》として生きるしかないと悟っているのだ。

たとえ祖母が隠し妻であっても、男と身を偽っていても、花房は九条流《くじょうりゅう》藤原家の正統な姫だ。祖父の兼家《かねいえ》や伯父の道長がその気になれば、主上や東宮《とうぐう》へ差し出してもおかしくはない「后がね」である。下級の官僚である陰陽師とは本来、生きている世界が違う。過分な友情と信頼を受け取りながらも、武春は苦しんでいた。花房との距離が近すぎて、いらぬ夢を見てしまうのだ。

——本当だったら、貌も拝めない、口すらきいてもらえない相手に……。

武春の苦しみを、隆家はようやく察した。

「おい、武春。ちょっと遠乗りにつきあわないか」

土御門邸から馬を与えられている武春は、愛馬を引き出すと隆家と轡《くつわ》を並べた。

摂関家の息子として傲慢《ごうまん》に育てられた隆家から乗馬に誘われる日が来ようとは、考えたこともなかった。

——俺は……花房と関わってからずっと、ありえないほど恵まれているんだ。尽きぬ苦しみが伴っていても、武春の人生には、花房と道長がもたらしてくれる幸福が、あり余っている。

まずは道長から名馬を与えられていることも、ありえない幸福だった。子どもの時に貰《もら》った昴《すばる》はすっかり老いて、その仔《こ》の北星《ほくせい》に乗り換えたが、武春の体軀《たいく》に合わせたように大きな馬に育った。

隆家は、頑強そうな馬を羨《うらや》ましげに流し見た。

「打毬《だきゅう》の時も思ったが、よい馬だな。俺の黒龍《こくりゅう》に引けをとっていない」

「道長様が下さった駿馬《しゅんめ》です。俺なんか一生かかっても買えないほどの」

「でも、叔父上がお前にくれたくなるのだから、そういう巡り合わせなのだろう」

ふたりは京の都の碁盤の目を抜けると、駒《こま》の足を止めた。一見荒っぽくても、武春は泣き出しそうな表情の隆家を、じっと見守った。風が流れ草木がそよぎ、この御曹司は何か大切な話をしようと、都の外へと連れ出したのだとは予感していた。

昔は好き勝手に振る舞っていた隆家が、声を抑えてつぶやいた。

「叔父上はお前に馬はくれても、それ以上に大切なものはくれまい」

「……っ！」

「お前も切ないな」

花房が女性だと気づいたあとの隆家の行動は、慎重にすぎた。それはひとえに花房を護りたい一念である。そして、武春の想いに気づいてしまった。

「辛《つら》いだろう、あんな鈍感をずっと護って、かなわずにいるのだから」

「それは、俺は言ってはいけない……」

「ややこしい宿業《しゅくごう》持ちを諦《あきら》めるには、別の女を見つけることだ」

あまりに唐突な話しぶりに、武春は目を瞠《みは》った。

しかし、隆家は視線をそらしたまま、遠くを眺めていた。

「俺の館には、気性のよい女房が幾人もいる。妻にすれば、少しは楽になるぞ」

「それは、どういう意味ですか」

「俺が身売りして何とか落ち着いたように、お前だって妻を持てば、それなりにおさまるだろう。いずれ、子どものひとりでもできたら……」

言われた瞬間に、武春の中でなにかが弾《はじ》けた。

「俺には花房しか、いないんですっ」

二頭の駒が、あまりの衝撃にいなないた。

愛馬から振り落とされそうになった隆家は、武春へ改めて驚きの目を向けた。

「そこまで花房が好きか！　俺が死ぬ気で諦めた花房を、お前は」

式神ひとつ使えない陰陽師は、花房へ同じ想いを抱いてきた御曹司を、まっすぐな眸で見返した。

「お話は、ありがとうございます。でも俺は一生、花房を護っていくから」

どうして他《ほか》の女性を愛せるだろう。結ばれないのならば、一生ひとりで生きていくと、武春はすでに昔から、おのれに誓ってきた。

――人生にただひとりの相手と出会ってしまったら、そう生きるしかない。

幾人もの相手と浮気な恋を繰り返すのは、実は真実の相手と出会っていないからかもしれない。たとえ結ばれない宿命であっても〝本物〟との邂逅《かいこう》ののちは、人はそれに縛られてしまう。

「不憫《ふびん》なやつだ。俺よりも、どこまでも……。そして、強いな」

「え？」

「想《おも》いの丈《たけ》をぶつけるだけが強さじゃない。黙って堪《こら》えつづけるやつこそ、強いと思う」

風が流れ、草木が揺れた。


清少納言が内親王たちへの教育の合間に書き進める随筆の冴《さ》えに、二条邸の主人・藤原伊周《これちか》は大らかな笑い声をあげた。

「今回は定子と私の、本当に愉しかった頃の逸話がいくつも」

「ええ、宮さまが私へ語りかけてくるのですもの。書かねばなりません」

「本当に定子は、よき女房に恵まれたものだ」

亡き妹を偲《しの》んで目を潤ませた伊周へ、清少納言は強い口調で語りかけた。

「昔を懐かしむよりも、私たちは前へ進まなければいけません。敦康さまのために、東宮の居貞《おきさだ》さまをなんとしても動かすのです」

「そ、そうであったな。東宮が強く出れば、主上も譲位をお考えになるはず……」

伊周は、感傷にひたっていたところを現実へと引き戻された。清少納言は、徹底したリアリズムとロマンティシズムを併せ持つ戦略家である。漢詩の世界に溺《おぼ》れる甘い伊周とは、敦康擁立に対しても、腹のくくり方がまるで違っていた。

「居貞親王が譲位しろと持ちかければ、御匣殿《みくしげどの》を失って、またもや心弱っている今の主上は揺らぐはず。敦康親王さまを次の東宮へ就ける確約が取れれば、あとは道長様さえ除いてしまえば、すべてが成るのです」

「そうだな。いざとなれば、東宮など道長叔父と一緒に……」

「追い落としてしまえば、敦康さまが一気に主上の座へ」

根がお人好《ひとよ》しの伊周は、言葉巧みに計略を再確認させる才女を信頼しきっていた。

「定子がいなくなっても、私とそなたと隆家で、もう一度春を呼び込もうぞ」

「はい。居貞親王さまは、単に主上を動かすための駒でしかありません。前へ進むために捨てる時はきっぱり捨てましょう。敦康さまのためならば、何人《なんぴと》たりとも！」

伊周へ、政界の「断捨離」を吹き込んだ清少納言は、道長側へ奪われてしまった敦康親王へ想いを馳《は》せた。道長と彰子が親娘して、こよなく可愛がっているとの評判だ。

定子を追い落としたふたりが、本気で敦康親王を愛していけば、この親王は清少納言たちには二度と触れられぬ存在として、遠ざけられてしまう。

——宮さまとのあの日々を、道長めが再び壊していく……。

清少納言は書き終えたばかりの随筆を、付き随っていた女房へ渡した。

「では次の手を。すぐに書き写して、本にする手筈《てはず》を」

彼女の随筆を手にしたいと、写本を希《ねが》う人々は数多《あまた》いた。その写本へと書きうつすために、伊周の館では多くの女房たちが控えている。

「特別なお方へは、私が本を調えますゆえ、写しだけ作ってください」

いつからだろうか、清少納言は正気の時ほど冴えた頭で、道長の呪詛を行うまでになっていた。定子を失い、光輝《みつてる》親王を傀儡《かいらい》にして、またもや呪詛が破られたのちに、彼女自身の誇りと優しさよりも、目的意識が前面へ出てきたのである。

——それもこれも宮さまのため。私はこの先、どうなってもかまいません。

「来ましたわ！　最新作でございます」

土御門邸へ『枕草子』の最新作が、伊周の館から届けられた。定子の後宮から去った清少納言であったが、『枕草子』の愛読者は多く、彼女が新作を発表すると、すぐさま周囲の女房たちが写して、愛読者たちへ配本となる。

土御門邸も当然、道長夫婦をはじめとして多くの者が新作を待ちわびていた。

また道長は、かつて呪詛をかけてきた相手であっても、怒りは残していなかった。定子のために罪を犯した清少納言を哀れと思って、赦したあとはきっぱりと、一読者としての立場を貫いていたのである。

「以前は光輝親王の館にいたせいで、直接の取り寄せがきかなかったが、近頃は伊周のもとにいるから、最短で手に入るのが嬉しいことだ」

伊周も、道長が『枕草子』を愛読していると知っているため、気を遣い、最初の写本を送ってくる。

最新の随筆は、道長のあとは妻の倫子、そして花房へと回される。

「今晩中に倫子殿へ回すから、二、三日のうちには、そなたも読めるであろう」

道長が嬉しげに冊子を見せびらかすと、花房も期待に満ちた眼差しを向けた。

「早く読みたいです」

「本来、彰子の内裏《だいり》へ入れたい逸材だが、定子への忠誠心を覆せないからな。少納言に比肩するほどの、女流の書き手はおらぬか、と探している最中だ」

道長は、娘・彰子の後宮に一流の人材だけを集めていたが、追加で清少納言級のスター的才女を入れて、一条帝の歓心を独占したいと思っていた。

「少納言に引けを取らない才女に、心当たりはないか、花房」

「私が知っているくらいなら、伯父上がとっくに探し当てているはずです」

「仕方がない。陰陽師に訊《たず》ねてみるか」

清少納言の衰えぬ執筆欲に、すっかり気をよくしている道長と花房であった。

あけて翌日、清涼殿《せいりょうでん》へと出仕した花房は、同僚の藤原清音《きよね》から物陰へと呼ばれた。あたりを憚《はばか》りつつ、清音は囁いた。

「花房殿、あの月光《げっこう》の宮《みや》がひそかに都へ戻っているという噂は本当か」

「どうして私に訊ねる？」

「そなたは格別のお気に入りだったゆえ、何か知っているかと」

「確かに、親王さまのお館へは伺ったけれども」

清音は、なおいっそう声をひそめた。

「その時、何か気づかなかったか？　実は今、親王様の館へ、子どもがひとり、引き取られているというのだ」

「子ども？」

花房は小首を傾《かし》げた。

先だって訪ねた折に、几帳《きちょう》の陰に誰かが隠れていたようだが、子どもだとは思いつきもしなかった。てっきり親王の新しい想い人だと思っていたのだ。

「子どもは見かけなかったけれども。なぜ、親王さまが子どもを引き取ったのだろうか」

「私と実資おじは、光輝親王の隠し子だと思っている」

「ありうる！　だって親王さまだもの」

月光の宮は十五で元服した直後、妻をふたり娶ったが、彼の派手な恋愛関係に悩んだ末に、ふたりとも寝ついてしまい、早々に世を去ってしまった。亡き妻との間には子をなさず、再び独身へ返り咲いたあとは、洒脱《しゃだつ》に遊び暮らしていたのだが。

「可哀想《かわいそう》にご心労で、おふたりとも」

「それから先は、遠慮なく恋愛遊戯を繰り返してきたお方だから、どこかに御子のひとりやふたりいても、おかしくはないと思わぬか」

そうは思っても、花房は即答できずにいた。両手で足りぬほど子どもを隠していても、不思議はない行状だったからである。

「親王さまの御子なら、さぞかしお美しいだろうね」

「花房殿、なにかのついでに、探ってきてはくださらないか」

宮家の動きをつぶさに知っておくことも、蔵人《くろうど》たちには必要な仕事である。

「でも、主上へは何の連絡も入っていないようだね」

「宴《うたげ》も開かねば、隠れ住んでいるとしか思えぬ様子だというから」

何せ敦康親王を担いで、道長から政権を奪おうとした陰謀未遂すら起こしている人物である。都へ潜伏しているとなれば、次なる計画を練っている恐れもあった。

「次のお召しがあれば、さりげなく聞き出してみよう」

花房と清音、ふたりの蔵人が不安を抱く親王当人はといえば——。

「やはり『枕草子』は面白い」

都へ戻ったとひそかに連絡を取った伊周から、最新号の随筆を取り寄せた光輝親王は、冊子を繰る手ももどかしいと、先を急いであっという間に読み終わってしまった。

たとえ敦康親王を担ぐよう、呪詛までかけられ操られた過去があったとしても、作家・清少納言に向ける敬意は少しも揺らがず、彼女に哀れを覚えるのも親王の粋人たるゆえんである。

「ただし『枕草子』と抱き合わせで、敦康の件を頼んでくるのは、いただけないが」

伊周や清少納言にとって、敦康親王の立坊は死活問題なのである。

「すでに私は、敦康に興味を失っているのだが……」

親王は、綺羅《きら》で飾られた木馬を引いて遊ぶ男児へ目を細めると、手招きした。

「明日は、庭で遊ぶとしよう。草木や花の名前を覚えていかねば、歌も詠めないからね」

今までは人目を嫌って、館の奥に閉じ込められて育ってきた男児は、初めて庭へ降りられると、はしゃいでいる。

「私が最高の教養を授けてやろう。何から何まで」

「はい、光輝さま」

親王の形よい唇が、片方だけ持ち上がった。

「奇貨居《お》くべし……」

「おかしい。また頭が割れそうに痛む」

花房が土御門邸へ戻ると、道長は頭痛のあまり寝ついているという。

「根を詰めて、仕事をされすぎたのでは？」

「確かにそうかもしれないが、倫子様も先ほど、気分が悪いと床をとったようだ」

花房と賢盛は、念のためにと武春を呼び出した。康子を館から追い払ったあとは、呪詛の通り道を封じたはずである。

道長の部屋を訪れた武春は、中を見まわして、顔をしかめる。

「何だろう、邪気の名残みたいなものは感じるけど、ここには何もないような」

武春はその名残を追いかけ、北の対へ至ると、明らかな異変を感じた。

「この部屋だ。道長様の部屋から、倫子様の部屋へ移動している」

青ざめた倫子は、武春が額に触れると途端に、痛みが抜けてホッと息をついた。

「殿も楽になったのですね」

「はい、すぐに追い祓いました。しかし、おかしなことに……」

武春は、道長の執務室から倫子の住まいへ移したものはないかと訊ねた。邪気が移動した跡があるのだ。

「それに、まだこの部屋に邪気が残っているのです。倫子様からは抜きましたが、はっきりと留まっています」

「まあ、恐ろしい。私は呪詛されるような真似《まね》など」

「はい、道長様にかけられた呪詛が、この部屋へ持ち込まれているのです」

「殿の仕事の部屋から私のところへですか？　覚えはありませんが」

武春は邪悪な波動を辿《たど》りながら、厨子棚《ずしだな》の前に立った。棚の中に、その何かがひそんでいる気配がする。

「倫子様、この棚の中へ今日、持ち込んだものは？」

「殿の部屋から今日……あっ！」

倫子は唇を押さえて声を殺した。

「まさか……そのようなことが！」

道長の執務室から持ち込まれたのは、伊周の館から送られてきた『枕草子』の最新作であった。

武春が冊子を改めると、表紙から悪念が漂ってくる。

「間違いない。表紙に仕込まれている」

武春は、倫子から許可を貰うと、小刀で表紙を切り開いた。案の定、呪符《じゅふ》が貼《は》られていた。

「やはり……」

「なぜ伊周さまは、殿を呪うのです？　叔父と甥で、仲よくすればよいではありませんか。現に隆家さまは、殿の信頼を取り戻していらっしゃって」

「政治の世界は、そんなに簡単ではありませんよ、倫子さま」

花房は敦康親王の親権が彰子へ移り、道長の傘下へ保護された件で、暗闘はつづいているのだと説明した。

「なぜです？　敦康さまは、彰子が我が子として可愛がっております」

「それが面白くないのです、伊周たちは」

敦康を実の孫とも思って愛《め》でる倫子には、男たちが敦康を通じて覇権をかけ、争っている実感などない。

「なんと恐ろしいこと。このままでは、彰子にだって何があるか……」

呪詛を撥ね返しても、倫子の胸は激しく痛んだ。

「俺ができるだけのことはいたします。だから倫子様はお気を強く持って、中宮様をお支えください」

呪符の仕込まれた冊子を処分すると告げて、武春たちは倫子の部屋から、再び道長の執務室を訪れた。

「また伊周と高階《たかしな》一族のしわざか」

冊子を確かめた道長は、別の頭痛が始まった、とこめかみを押さえた。甥の伊周は母方の親族・高階家に、ずっと踊らされつづけているのである。

「哀れなやつだ。頭でっかちで、人の世がわかっていないのだ」

「それにしても、際限なくやってくるなあ」

呆《あき》れ果《は》てたと言わんばかりの賢盛へ、武春はキッパリと言い放つ。

「この呪符は、ひとりの邪念どころか大勢が作り上げたものだと思う。持ってるだけで手が痺《しび》れそうだ」

武春は、冊子を伊周の館へ送り返すと、土御門邸を「破魔破邪の陽気」で浄《きよ》めた。

「花房、賢盛。これからも、伊周たちは仕掛けてくるだろうね。敦康親王を取り戻して、東宮にするまでは」

「三人で力を合わせて、伯父上を護らねばね」

「俺は腕力、武春は陽の気、そして花房は……」

皮肉屋の賢盛はニヤリと笑う。

「……笑顔と〝惑わしの香〟で」

「なんだか私ひとりが、まるで役に立っていない気がする」

「そうでもないさ。帝《みかど》のお側《そば》をきちんと観察していれば、動きがわかる」

賢盛に励まされ、花房は勇気づけられる。自分ひとりでは道長を助けられなくとも、三人寄れば、どうにか力になれるかもしれない。そう信じねば、不安でたまらなかった。


「叔父上、ありがとうございます」

土御門邸へ伊周と隆家の兄弟が顔を出したのは、長らく宮廷から追放されていた伊周の復位に対し、道長が全面的に協力した礼であった。

長徳《ちょうとく》二年（九九六年）から七年間も出仕を止められていた伊周が従二位《じゅにい》へ復し、また隆家も正三位《しょうさんみ》へ昇る件が朝議にかけられている。

「これからは手を携えて、政治を動かしていこうぞ」

道長が伊周を激励すれば、彼は目を潤ませた。

「叔父上、今までの非礼の数々、お赦しくださるのですね」

「互いに若く、余裕がない時だったからこそ、魔が差したのだ」

道長は、数々の呪詛の件も水に流して、伊周を自分の側へ立たせようと心を砕いていた。

――何よりも高階家の連中から引きはがさねば、伊周のためにならない。

無位無冠のまま館でくすぶっているから、高階一族に焚《た》きつけられて、何度も呪詛を繰り返すのである。

「そなたのように優れた者を遊ばせていては、宝の持ち腐れ。主上と我が九条の家のために、力を振るってくれ」

道長が用意した伊周復活の花道の華々しさは、内輪の宴へ集う人の顔ぶれを見ても明らかであった。

まず、甥と会いたいと願う伊周ら兄弟のために、中宮・彰子が敦康親王を伴い、お忍びで訪れていた。

「大きくおなりに……」

すでに敦康は数えで五つ。

伊周たちの手元から離され、幼子はおじたちの顔すら覚えていなかったが、ふたりのおじは定子の忘れ形見のことを思わぬ日はなかった。

そして今の敦康は、彰子を母と信じて甘えきっている。その仲睦《なかむつ》まじい様子に、伊周と隆家は「大事にされている」と安堵《あんど》もした。

「伊周さまと隆家さま、これからは私の内裏へも、顔をのぞかせてくださいね」

中宮からの格別の申し出に、不遇をかこっていた兄弟は喜色を隠さない。

「敦康さまも、喜ばれるでしょう」

あとは、敦康の立坊へ道筋をいかにつけるかだが、まずは伊周の復位が第一であった。御簾《みす》越しではあるが、中宮・彰子が幸福で輝く様子がはっきりと感じられ、花房は「この日を待っていた」と溢《あふ》れる笑みを抑えきれずにいた。

彰子は主上と結ばれ、名実ともに中宮となった。敦康からは実母のようになつかれ、不仲だった父と従兄たちはひとつとなった。欠けるものは何ひとつないようにも見えた。

唯一足りないものは、彰子の実子であったが、当の中宮は敦康親王を養い育てることに夢中で、大して気にもかけていない様子である。

——やっと皆で笑い合える日がきた。

花房が微笑《ほほえ》んでいると、隆家が顔を寄せてきた。

「ちょっと話がある」

「いい話?」

「いや、悪い話だ」

宴の席を抜けた花房が隆家を私室へ連れていくと、後ろで賢盛が目を光らせていた。

「お前らふたりきりにしたら、また騒動起こすからな」

「俺は、そこまで信用ないのか」

「……烏帽子《えぼし》払って、抱き合うような真似しておいて」

「あの夜のことは謝る。だが今回は宮中の話だ」

賢盛は、隆家が花房へ寄せる執心ゆえに起こした騒ぎを、まるで赦してはいない。

「三度目の正直で、まっとうに話すだけにしろ」

「お前の立ち会いでいいから」

隆家は、花房の乳母さえ遠ざけると、押し殺した声音でつぶやいた。

「居貞親王の噂を聞いているか?」

「どんな?」

「修験者を連日、館へ呼び出しているらしい」

花房と賢盛は、すぐにピンと来た。

「伯父上が倒れるように、祈らせてる?」

「それもあるが、もうひとつは中宮様が皇子を産まぬようにだ。下手をすると、主上や敦康の死すら願っているかもしれない」

東宮の居貞親王は、道長を排除すれば、すぐさま一条帝が上皇となり、自分が帝位に就けると計算しているようだが、その際に、我が子を東宮にしてしまおうと企《たくら》んでいる節があった。

彼が、自分と息子へ皇位をつなぐには、一条帝も敦康親王も、そして彰子が産むかもしれない皇子も、すべてが邪魔なのである。

「道長叔父を排除するだけならば、俺や兄上とも利益は一致する。だが、主上や敦康まで害されるとなると、話は別だ」

「なぜ、そんな情報を、お前が持っているんだ、隆家?」

賢盛に睨《にら》まれ、隆家は恥ずかしげに打ち明けた。

「情けない話だが、どうやら兄上と清少納言が、道長叔父への呪詛を東宮へ持ちかけたらしい。それで闇の修験者への祈禱料《きとうりょう》を引っ張り出した」

「堂々と自分の兄を売ってるお前も、凄いと思うぞ」

「俺は兄上に、まっとうな道を歩んでもらいたいのだ。このたび、復位したからには、陰謀や呪詛からは手を引いてほしいと願っている」

もっともな話だ、と花房は隆家に同情した。

そして彼の説得により、伊周は道長呪詛を諦めたという。呪符を仕込んだ『枕草子』を送り返されたことで、震え上がったともいえる。

しかし、伊周たちに手を引かれて腹の虫が治まらないのは、居貞親王である。突然、陰謀のはしごを外された形で、放り捨てられたのだ。

また、道長と伊周が手打ちをしたため、居貞の疑心は深刻になった。このままふたりが手を組んで、自分を東宮位から外すかもしれないと恐れたのだ。

——道長を生かしておいては、私と息子が帝になる芽を摘《つ》まれてしまう！

疑心暗鬼に囚《とら》われた居貞親王は、新たな修験者を招き、よからぬ祈りをつづけるようになったという話であった。

「道理で、武春が毎晩追い祓っても、呪詛の念が飛んでくるわけだ」

武春が陽の気で散らしても、翌晩にはまた飛んでくるという攻防がつづいていた。

「つまり、今、毎晩律儀にやってくる邪念は、東宮様というわけか」

「隆家、貴重な情報をありがとう。相手がわかれば、武春だって少しは楽に戦える」

花房に礼を言われて、隆家は照れくさげにそっぽを向いた。

「兄上を宮中へ戻してくれた道長叔父への、わずかな礼だ。これで兄上も、よからぬ企みなど忘れてくれるだろう。でも居貞親王だけは気をつけろ。俺たち全員が敵だからな」

隆家がもたらした情報で、武春は呪詛の主こそ特定できたが、いざ対決するとなると、去らせるだけで精一杯であった。最初から逃げ足が速く、武春が破る前に、飛び去ってしまうのである。

「光栄《みつよし》おじ、これはどうしたことでしょう」

陰陽師・光栄に相談を持ちかけた武春は、不思議なワザの名を教えてもらった。

「それは修験の連中がよく使う〝黒雲〟の術だな」

「どういう術なのですか？」

「最初から呪い主を黒雲で包んでしまうのだ。だから姿も見えず、陰陽師などの術者が対決しようとすると飛び去って逃げる、まさに雲散霧消の奇っ怪なワザ。並の術者では決して破れぬ」

武春は、陰陽道《おんようどう》の大家である光栄すら腕組みして考え込むので、困り果ててしまった。

「晴明《せいめい》殿と話し合ってみよう。もしかしたら知恵と力を貸してくれるやもしれない」

日々の攻防がつづけば、武春も道長ごと消耗していく。その前に退散させねばならない敵だった。


「花房さま、不思議なお使いが、いらしてますよ」

黒い紗《しゃ》の布で顔を隠した貴族の家人らしき男が、花房宛《あて》の文《ふみ》を持って夜更けの土御門邸を訪れ、そのいでたちに、乳母・菜花《なばな》の局《つぼね》は戸惑っていた。

「人の館を訪れる使者が、顔も見せぬとは無礼じゃないか」

賢盛は憤ったが、深いわけあってのことであろうと花房は乳兄弟をとどめた。

「どこよりのお使者でしょうか」

「日の本で、二番目のお方と言えば、おわかりでしょう」

「この国で二番目？　一番が道長様だから、二番目だったら主上かな」

「こら、賢盛。なんて不謹慎なことを！　申し訳ない、私の従者が」

「………」

不気味な使者は、東宮もなめられたものだ、と怒りも露《あらわ》に、賢盛から視線をそらした。

「今すぐ、お越しください。車を外に待たせています」

東宮からの呼び出しでは、断るわけにもいかず、花房は慌てて装束を改めた。

「胡散臭《うさんくさ》い気がするぞ、花房。のこのこついていったら、突然、居貞親王にガバーッと来られるかもしれない。こういう時は、この……」

〝惑わしの香〟に迷って、理性を失いかけた者を引き戻す〝反射の香〟を、賢盛はたっぷりと花房の首筋へ塗り込んだ。


「よう来たな、花房」

居貞親王の沈んだ声を聞くだけで、花房の気分は滅入《めい》ってきた。この東宮は、人を暗い気持ちにさせる、特別な才能を有しているらしい。

——さっさと用事を済ませて、帰りたい……。

着いた早々に、御前を退出したいと願う花房は、自慢の笑顔にも冴えがない。ましてや相手は、道長を呪詛していると目され、愉しくなれと言われても無理な話であった。

「そなたに喜んでもらおうと思い、今宵《こよい》呼んだのだが」

「それはありがたいことです。して東宮さま、いかなる？」

東宮は、暗い眼差しを投げかけてきた。

「そなたは二十歳を過ぎても、ひとり身というではないか。左府もきちんとした妻を見つけてやればよいのに、情がない」

「はあ……」

花房は生返事をした。その件で道長を責められても、返答のしようがなかった。会話へ食いついてこない花房を、居貞親王は不審がる。

「そなたは優秀な蔵人ゆえ、これから出世もするだろう。そのためにも身を固めて」

「その……身を固めようという気がないのです」

「噂どおりの無愛想であるな。そこでだ、私がとびきりの妻を用意した」

「なんですって！」

やっと反応したと、東宮は大仰に扇を打ち振ってみせた。

「我が妃《きさき》の妹との縁談、進めてもよいぞ」

「あまりに勿体《もったい》ないお話で、お受けするなどもってのほか」

「そなたに欲がないから、よけいに取り持ってやりたいのだ」

居貞親王の陰鬱《いんうつ》な瞳《ひとみ》に、ちらりと厭《いや》な光が走った。

彼が、目障りな道長から寵愛する甥を切り離し、自らの陣営へ引きずり込む気だと、花房も察した。また一条帝の覚えめでたい花房を取り込めば、主上をうまく扱えると、勘違いしている節もある。

――私ごときで動く主上ではない。行成さまくらいの大物でなかったら、主上は……。

結局は道長への嫌がらせを目論《もくろ》んでの、話の持ちかけであった。

「東宮妃さまの妹君なぞ、畏《おそ》れ多《おお》くて、私ごとき少壮の蔵人には娶れません」

「遠慮をするな。それとも何か、そなた女人とつきあった経験がないのか」

あまりに剝《む》き出《だ》しの問いかけに、花房はまたもや答えられなかった。

――私がどうやったら、女性とおつきあいできるのでしょうか。

宮中の女房の中には、女性同士の恋愛を好む者もいるが、花房にその嗜好《しこう》はない。ただ、恋をするなとの陰陽師の厳命を守って生きてきただけなのだ。

黙りこくった花房を誤解した居貞親王は、愉快そうに花房を値踏みした。

「私が許す。この館の女房の誰でも好きな者を選び、相手をしてもらうがよい」

「ええっ！」

「そなたなら手ほどきしてやりたい、と女房たちも喜ぶであろう」

「お待ちください、それは無理です」

「人の好意は、素直に受け取るものだ」

花房は悲鳴のような言い訳をまくし立てた。

「無理なのです！　私は……どれほど美しい女性でも、一切受けつけない体質なのです」

その言葉に嘘《うそ》はない。さらに男と身を偽っていれば、二重の意味で受けつけなかった。

「なんとっ！」

苦しい花房の言い訳に、居貞親王の暗い目に同情と嘲《あざけ》りの色が浮かんだ。

「女子《おなご》相手では、もよおさない身なのだな」

「はい、ほんのわずかも反応しないのでございます」

「やはり、男相手の噂の数々は真実だったのか」

「ええっとそれは……」

噂の内容と規模がわからず、花房はまたもや口ごもった。

居貞親王は、拍子抜けした様子で不憫がった。

「よいよい、私は理解のある方だ。無理強いはしない。偽装で結婚されたら、我が義妹も哀れである」

それきり興味を失った東宮は、花房を解放してくれたが——。

翌日から、宮中での花房の徒名《あだな》が変わった。「胡蝶《こちょう》の君」改め「断袖《だんしゅう》の君」。誰が名づけ、面白がって宮廷へ流布したかは、隠しようがなかった。

「やられたー！」

せっかく持ちかけた縁談も、女房たちとの恋愛遊戯も断られて、顔を潰されたと憤った居貞親王は、花房を男色家と揶揄《やゆ》することで溜飲《りゅういん》を下げたのだった。

「陰険な親王だな、まったく……」

賢盛はため息をついた。東宮から勧められた縁談を断り、美女たちも拒絶したと、面白おかしく喧伝《けんでん》されたせいで、花房へ堂々と言い寄る公家《くげ》たちが急増してしまった。

「恥ずかしがらなくてもよいのだよ、花房。同好の士ではないか」

「それより私と夜語りでも」

「どちらも遠慮しておきます」

「どうか、私の気持ちだけでも受け取っておくれ」

この一件から、花房は内裏のどこを歩いていても、文をそっと手渡される羽目になる。

居貞親王が仕掛けた風評被害で、花房を護る賢盛も気が抜けなくなってしまった。もとより宮中の恋愛仕儀は、男女両性を愛するのが風流とされているため、花房へ堂々と言い寄る貴族には事欠かない。

「どいつもこいつも、露骨に迫ってくるようになったな」

「私がいつ何をした……」

押し寄せる秋波をかわすだけで疲れ果てていた花房だったが、ついにこの噂が道長の耳に入った。腹心の部下・行成が、花房の惨状を伝えたのだ。

「まだ五位ですから、五位以上の者たちは遠慮もせずに、誘いをかけております」

「私の甥だと知っていてもか」

「手に入れてしまえばしめたもの、と目の色を変えているようで」

ううむ、と道長は呻《うな》った。

花房の父親・純平《すみひら》の場合、あまりに頼りなげで通常の役所業務に就いてしまうと心身ともにもたない、と楽人の職を用意した。その分、花房はキリリと育つよう心を砕いて今日に至る。そのためか鈍感を貫き、数多の誘いをうまく退けてきた花房だったが、男色家の噂を立てられてしまうと、安心して口説く者が五月雨《さみだれ》式に発生する。

「居貞親王め、花房に何か恨みでもあるのか」

「左府様への面当てでございましょう」

「我が甥ながら陰険なのだ、昔から」

道長はついに行成へ言いつけ、花房の結婚相手を真剣に探すに至った。

「花房だけに特別な話がある」

道長の執務室へ呼び出された花房は、行成とふたりきりで何やら深刻に話し込む伯父の背中から立ち上る怒気に、ひるみかけた。

——伯父上の勘気をこうむるようなことを、したのだろうか？

こちらへ投げられた視線には、やはりひとかたならぬ怒りが込められている。

「あの、私が何か……」

「花房、そなた即刻結婚しなさい」

「なっ？　どうして私が結婚など」

「身に覚えがないとは言わせない。そなた、居貞が立てた噂のせいで、男どもが我も我もと夜のつきあいを申し込んできているというではないか」

行成が密告した、と花房は脱力しそうになった。

——そんなことまで報告しなくても、いいのに……。

不満そうな花房へ、道長は怒気を和らげた。

「行成も見かねて、私へ相談してきたのだ。お前の責任ではない。全部、居貞が悪い！」

「それはそうですが」

「だから速攻で結婚して、居貞が流した噂を潰してしまうのだ」

「それは無理です」

「そなたに、女性を口説く甲斐性《かいしょう》がないのはわかっている。あまりにも奥手だ」

だから、と道長は胸を張った。

「そなたにふさわしい姫を数人、行成が探してきた。これを読んで、好きなのを選ぶがい
い。すぐさま手配する」

花嫁候補の調査資料を渡され、花房は真っ青になった。道長は真剣そのものの表情で、グイグイと迫ってくる。この場で即決しなかったら、勝手に縁談を取りまとめかねない勢いであった。

「伯父上、私の事情も聞いてください」

「他に言い交わした女子がいるのならば、条件次第で、扱いの格を決めよう。中級貴族の娘なら通いの妻に。血筋がよければ、嫡妻に」

花房は、言い出したら聞かない伯父の強引さに、泣き出しそうになった。このままでは、どうあっても結婚させられてしまう。

——話がまとまったら身の破滅だ……。

うろたえきった花房の様子は尋常ではない、とさすがの道長も気がついた。

「どうやら、本気で言い交わした相手がいるようだな。怒らないから、正直に話しなさい。人妻か、尼か、それとも熟女か」

「どれも違います。でも……」

「お前がそれほど悩んでいるのに、どうして伯父の私が無視できる？　お前の相手が蛸《たこ》で

もミミズでもかまわないから、話すんだ」

　道長が心から心配している声音に、普通の言い逃れでは許してもらえない、と花房は観念した。ここはいかなる嘘をついてでも、結婚話を諦めさせなければならない。

「伯父上には、ずっと隠してきたことがあります」

「うむ。まさか彰子と縁づきたかったと聞いても驚かないから、さあ」

「お察しのとおり、私には言い交わした人がいるのです」

　やっぱり、と道長は行成へ顎《あご》をしゃくった。

「それも前世の因縁で言い交わしましたが、決して結ばれぬ運命なのです」

「人妻だったら、別れさせれば済む。尼なら還俗《げんぞく》させれば話は簡単だ」

「いえ、そんなに単純な相手ではありません」

　それきり作り話がつづかなくなった花房の大きな瞳が、困惑して濡れている。可哀想で見ていられなくなった道長が、花房の頬《ほお》を大きな手で包んだ。

「それほど好いた相手がいたとは知らなかった。誰だ、相手は？」

「あの、それは……」

「可愛いお前が、泣くほど好きな相手だ。たとえ誰であろうと責めたりするものか。私を信じて、すべて打ち明けてほしい」

「伯父上、私は……」

ここまで自分を心配してくれる伯父を、今までもこれからも騙《だま》して生きていかねばならないのか、と花房の頰を涙が伝っていった。

「教えてくれ、相手は誰だ。私が知っている者か？」

「言えません」

「なぜ私が信じられぬ！　私ほどお前を大事に想う人間が、この世のどこにいる。言うのだ、花房。そこまで苦しんでいるのに、どうして私に打ち明けられぬ」

「言えば、結婚は勘弁していただけますか」

消え入りそうな花房を、道長は強く抱きしめた。

「無理強いしたら、生きてはいられぬほど好きな相手なのだろう」

嘘を重ねていけば苦しさが増していくだけなのに、花房は力なく頷《うなず》いた。道長へ何もかも打ち明けられれば、どれほど楽になれるだろう。

「誰だ、そなたの結ばれない相手とは。私ができることならば、何でもしてやろう」

次の瞬間、花房の口をついて、思いもかけない言葉がこぼれ出た。

「た、武春です……」

あまりの衝撃に、道長は凍りついた。

第六帖　悲しい嘘《うそ》

その時以来、道長《みちなが》の、武春《たけはる》を見る目つきが変わった。

道長のもとを訪れる生き霊を祓《はら》うため、夜毎土御門《よごとつちみかど》邸へ通う武春に、まるで奇妙な生きものでも眺めるかのような態度で、こわごわ接触してくるのだ。

「魔を祓う力だけでも不思議だったが、今は異世界の者に見える」

「道長様、俺はそんな……」

「まさかお前が、花房《はなふさ》の運命の相手とは」

強引な縁談から逃れるために花房がついた嘘は、道長の意識の一部を破壊していったようだ。おのれの信じる世界が崩壊したと感じているようで、普段の大胆さを失っていた。

「前世の因縁で、花房とお前が結ばれていたとは、まだ信じられない」

「人には宿命があります。その巡り合わせで、再会したと言いますか」

「で、お前たちその……深い仲なのか」

精悍《せいかん》な面を赤らめ、初心《うぶ》な少年のようにモジモジと問う道長は、明らかに冷静さを欠いている。

訊《き》かれた武春も、雨に濡《ぬ》れた子犬みたいな瞳《ひとみ》を、道長からそっと背けた。

「そんな、花房とは何も……」

「好いてはいないのか」

「まさか！　花房は本当に大切な友人で、俺が護《まも》っていかなくちゃいけなくて」

必死に抗弁する武春が、道長には不思議でたまらない。

宮中の貴族たちが大挙して迫る美貌《びぼう》の花房が、泣いて震えるほど武春を好いているというのに、どうしてその気持ちに抗《あらが》えるのだろうか。

「不可解だ。前世の因縁があっても、お前は花房を拒んだのか？」

武春もまた、花房のために苦しい言い訳を絞り出す。

「俺には、一生を捧《ささ》げた女性がいます……ただその人はワケ有りで」

「男の花房には、興味がないというわけか。花房も可哀想《かわいそう》に」

道長はそれきり追及をやめたが、武春には花房の嘘が泣けるほど嬉《うれ》しかった。たとえ苦し紛れであっても、慕っていなければ、そんな嘘をつくはずがないと。

──俺を信じて大切に想《おも》ってくれてるから、俺の名前を出したんだ。

夜毎の訪問者の邪念を武春が追い祓うと、道長はふうっと大きな息を吐く。

「花房ほど美しくとも想いがかなわないとは、皮肉な運命だな」

「誰も運命には逆らえません、道長様」

「武春も、一生を捧げた女子《おなご》と、うまくいけばよいな」

運命は絶対と言いながら、武春は花房がついた嘘に酔っていたかった。

かなわぬ夢であっても、花房は自分を「好きな相手」と言ってくれたのだ。

土御門邸から帰宅した武春は、その夜、花房と一緒の馬に乗り、駆けていく夢を見た。

『武春、大好きだよ』

『俺も』

ふたりを乗せた馬は、翼が生えた勢いで疾駆する。

『このままどこまでも走っていこう……』

花房の笑顔が眩《まぶ》しすぎて、武春の胸は高鳴りつづけた。

「……っ！」

目ざめた朝、暗い部屋の中で、花房の姿を捜した武春は、いっそう寂しくなったが。

——夢なら醒《さ》めないでほしかった。


中宮・彰子《しょうし》が棲《す》まう飛香舎《ひぎょうしゃ》が別名「藤壺《ふじつぼ》」と呼ばれているのは、南面の庭に植えた藤に由来する。この庭では「藤見の宴《うたげ》」が催されるのが恒列であり、後宮五舎のうちで最も広大な館《やかた》であった。

道長が娘のために調《ととの》えた後宮は、造園から内装まで、超一流の者が手がけて洗練された空間である。

口の悪さで知られる「宮中の知恵袋」藤原実資《ふじわらのさねすけ》に言わせれば、「金に飽かせたこれ見よがし」な豪奢《ごうしゃ》さとも言えたが、愛娘《まなむすめ》が一条帝《いちじょうてい》の気を惹《ひ》きつけるように、力の限りに頑張って造り上げた後宮であった。

その藤壺へ、道長が花房と賢盛《かたもり》を伴って訪れたのは、過日、彰子がお忍びで土御門邸へ下がり、伊周《これちか》・隆家《たかいえ》兄弟と敦康《あつやす》親王を引き合わせた礼を述べるためであった。

牛車《ぎっしゃ》の中では、むすっと黙り込んだ賢盛と、肩身の狭そうな花房が並んでいた。

道長ですら、例の一件で賢盛が激怒しているのは、よくわかっていた。

何せ、花房が武春を「好いた相手」と告げた夜、取り乱した道長は、そのまま花房を放り出すと、賢盛へ問いただしに行ったからである。

「賢盛、こんな大事な話を、なぜ黙っていた!」

道長から事の次第を聞いて、賢盛の冷たく冴《さ》えた美貌は、みるみるうちに怒りで蒼白《そうはく》になった。

「お前も知らなかったのか……」

哀れむように言われた直後、道長のいない場所で、賢盛は花房へ詰め寄った。

「お前が生まれた時から、側《そば》にいたのは俺だぞ。いくら縁談を断るための嘘だとしても、運命の相手が武春だなんて、よく言えたな！」

花房が自分を差し置いて武春の名を挙げたことに、賢盛の怒りは沸点まで達していた。

「すまない、他意はなかったんだ。ついうっかり」

「うっかりで、武春はないって言ってんだよ！」


以来、花房と賢盛、武春の関係は、ギクシャクしたものとなった。

賢盛は花房と必要最低限の会話しかせず、武春に対しては口もきかなくなってしまったのだ。三人一緒でぴたりと添って、いつも行動していたはずなのに。

道長は車内の重苦しい空気を破ろうと、カラ元気な声を出す。

「今日の中宮は、どのような色目の装束をまとっているのだろうかなぁ、賢盛」

「そんなこと俺が知るわけないでしょう」

「そ、そうであるな」

これ以上触ると大怪我《おおけが》をしそうだと、剛胆な左大臣も口をつぐみ、花房はこんなことになるのならば、問い詰められた時、相手は隆家と告げればよかったと後悔した。

――私が考えなしで武春と言ったばかりに、私たち三人の和が壊れてしまう。

沈黙の重さに堪えきれず、道長は自らの従者へ上ずった声で世間話を持ちかけた。

「和泉式部《いずみしきぶ》という女房の噂《うわさ》は聞いているだろう。たいそうな浮気女らしいが、文才は並ならぬと聞いた」

娘・彰子の後宮へ入れる新たな人材を求め、道長は彼なりに情報を集めているようだ。

「和泉式部について何か聞きつけたら、すぐ知らせてくれ」

「かしこまりました」

上滑り気味な左大臣と、押し黙った花房たちを乗せた牛車は、ノロノロと進みながら内《だい》裏《り》へとやっと辿《たど》り着《つ》いた。

花房は、牛車の歩みがこれほど遅いと感じたことはなかった。

しかし、飛香舎へ入れば、暗い表情などしてはいられない。幼い頃より花房に「兄さま」と慕い寄ってきた彰子に、気をつかわせてしまう。その原因が、一対で育ってきた賢盛との不仲だと知れば、よけいに心配するであろう。

「花房兄さままで、一緒に来てくださったのですね」

父の道長だけの訪れだと思っていた年若い中宮は、花房を見るなり、綻《ほころ》んだ表情の少女へと戻った。

宮中の日常で、中宮と蔵人《くろうど》の立場のふたりは、いとこ同士として触れ合えない。しかし、私的な集まりでは「花房兄さま」と「従妹《いとこ》の彰子」に還《かえ》る。

「中宮さま、本日もお健やかにお過ごしと、拝察いたしました」

「今は昔みたいに彰子どのと呼んで、兄さま」

兄へ甘えかかる妹となった彰子に、花房は「今だけですよ、彰子どの」と笑みを咲かせてみせた。

親しげなふたりを見て、敦康親王も負けじと花房へ駆け寄り、頬《ほお》ずりをする。

「はなふさぁ～」

膝《ひざ》へ抱き上げてほしいとねだる敦康へ、道長が手を差しのべた。

「敦康さま、ここに、じじもおりますぞ」

「いや、はなふさがいいの」

「やれやれ、情けない。花房相手では、この私も形なしだ」

道長が大仰に嘆いてみせると、一座はどっと笑った。

そこへ遅れて、隆家が顔をのぞかせた。彼は敦康親王を、権力を握るための道具と思うより先に、甥《おい》として純粋に可愛《かわい》がっていた。

「花房、さっそくモテているな。だが俺には、秘密兵器がある」

負けず嫌いの隆家は、突然、四《よ》つん這《ば》いになった。

「さあ、親王様。大好きなお馬でございます」

「わあっ！」

敦康親王は甲高い声をあげると、花房から隆家へと乗り換え、さっそく跨《また》がった。

「お馬、走って！」

「はい、喜んで」

隆家は馬のいななきを真似《まね》ながら、一座の間を這って回った。正三位《しょうさんみ》の隆家も、甥と過ごす時は、ひとりの叔父にすぎず、わざと剽《ひょう》げて馬のふりをする。

普段は落ち着いている彰子の後宮で、笑い声が弾《はじ》けた。かつての定子《ていし》の後宮がそうであったように。

――あの日のようだ……。

花房は目を細めた。あどけない敦康が、亡き母の華やいだ往時を呼び戻したのか。

――このまま皆で、笑い合っていければ。

甥の敦康をたっぷりと可愛がったあと、隆家は我が子の顔が見たくなり、妻の小夜子《さよこ》が待つ館へ轡《くつわ》を向けた。正三位の地位へ昇っても、隆家は牛車よりも馬での移動を好み、私的な訪問では頻繁に騎乗する。

妻の小夜子は、遠くから響いてくる蹄《ひづめ》の音だけで、夫の訪れだと聞き分けられるまでになっていた。

「今日は中宮様の藤壺へ、御礼《おれい》に参じたのだよ。そうしたら、また敦康が待っていた」

「それはよろしゅうございました」

「前にお馬さんごっこをしたら、敦康はいたくお気に召したようで、今日もさんざん走らされた」

　親王である敦康を、個人的な場で呼び捨てにするのは、隆家が甥へ寄せる愛情をまっすぐに語るためである。彼の心をすっかり読めるようになった小夜子は、遠慮がちに微笑《ほほえ》んで、夫の喜びを共に味わう。

「ところで、我が坊主は」

「もうすっかり眠っております」

「起こすのも可哀想だな。あとで寝顔だけ見て帰るか」

　朝まで長居する気はない、とほのめかす隆家は、正三位へ出世したのをきっかけに、兄との同居をやめて、自らの館を構えるようになっていた。

が、その背景には、やがて嫡妻となる別の女性と結婚しなければならない、のっぴきならない事情があった。

　宮廷で順調に出世し、上卿《しょうけい》となった隆家は、その格にふさわしい正妻を迎え、上流貴族の姻戚《いんせき》関係を新たに結んでいかねばならない。中流貴族の娘である小夜子では、家格の差から正妻にふさわしくないと、兄の伊周が断固として反対していたのである。

かくいう伊周と隆家の母親のみならず祖母までも中流貴族の出身であったが、有力貴族の姻戚をひとりでも多くつくりたい伊周は、弟の結婚に利益だけを求めていた。

小夜子のもとへ通う穏やかな結婚生活が、やがては破綻《はたん》すると予感する隆家は、胸の奥でわき起こる黒雲を吹き飛ばそうと、話題を変えた。

「中宮様のところへは、花房も来ていたぞ」

「まあ、花房さまが！　本日はどのようなご様子でしたの？」

「俺が来るまでは、敦康になつかれていたが、俺が馬になった途端、敦康はこちらに夢中だ。四つん這いになって、お馬さんごっこなんて芸当、あいつにはできないからな」

カラカラと自慢げに笑う夫に、妻は抗議の眼差《まなざ》しを向けた。

「優雅な花房さまならば、当然でございましょう」

「見た目よりは、神経太いがな」

「あら、花房さまは、殿とはまるで違います」

「いや、俺の方が繊細だって」

夫がおかしなことを言い出した、とクスクス笑う小夜子の肩を、隆家は苦笑いと共に抱き寄せた。

「気が変わった。今宵《こよい》は泊まっていこう」

花房を共に慕って語り合い、なごむ暮らしを、隆家はいつの間にか気に入り、安らぎを覚えていた。しかし、この穏やかな充足を味わう時間は、残りわずかだとも知っている。

——敦康のために無理をした結婚でも、ささやかな幸福を得られた。俺をここまで楽にしてくれる小夜子を、俺は泣かさなければならないのか。

名門貴族に生まれた男の生涯は、不思議なほど似通っている。

叔父の道長は、姉のために愛妻を裏切り、今度は甥の隆家が、兄のためだけに、優しい妻を妾《めかけ》の立場へ落とさねばならない——。

「すまじきものは、宮仕えかな」

ぽつりとつぶやいた隆家に、無邪気な妻は頰を染め、消え入りそうな声で返した。

「私、花房さまの話をなさる殿が、とても好きなのです……」

ふたりの心が寄り添うほどに、円《まど》かな時は残り少なくなっていく。


道長は敦康親王を孫がわりに可愛がってはいるものの、その進退問題に関しては、曖昧《あいまい》な態度をとりつづけている——。

その膠着《こうちゃく》した状態に、宮中の誰もが心中穏やかならぬものを抱くようになってきた。

「中宮が御子をなせぬのであれば、主上《うえ》の望みどおりに、東宮へ譲位させて、敦康親王を立太子してしまえば、スッキリするであろうに」

スッキリさせたくないのは、一条帝へ娘を縁づかせた、四人の后《きさき》の父親だけである。ことに一条帝唯一の親王・敦康を手中におさめているはずの道長が、最もその展開を嫌っていた。彰子が親王をもうけなければ、無理を重ねて入内《じゅだい》させた意味すらなくなってしまうと感じていたのだ。

夜更けの土御門邸で、道長は花房ひとりを私室へ呼び寄せた。

冷たい怒りに満ちた賢盛とぎこちない花房を見るだに、哀れをもよおす。そのため、花房ひとりを身近に寄せることが多くなった。

「花房そなた、賢盛とは依然として、気まずいのか」

伯父のいたわる声に、花房は潤みそうな瞳で天井を見た。

「いずれは、賢盛もわかってくれると思います」

「難しいな。男同士、女同士の恋情の話は、他人事《ひとごと》ならば軽く受け流しもしようが、いざ身内となると、拒絶する者も少なからず出るだろう」

「はあ、そういうものでしょうか……」

ことの真相はもっと複雑です、と打ち明けられない花房は、揺らめく火影を映した道長の貌《かお》が、疲れ切っているのに気づいた。

日々の政務に加えて、夜毎訪れる呪詛《じゅそ》を追い祓う作業の繰り返しで、心身ともにすり減っているのである。

おまけに今夜は、武春が陰陽《おんみょうりょう》寮での宿直《とのい》で、道長の寝所へ侍《はべ》れないという。

「花房、私は眠るのが怖い。またアレが来るのかと思うと」

「伯父上、少しは眠りませんと、お身体《からだ》がもちません」

「武春がいないのだぞ、今宵は」

道長はおのが妻には見せない不安や恐れを、甥の花房には平気でさらす。

どこの誰ともわからない相手に呪《のろ》われていると知って、平然としていられるほど道長は無神経ではない。それどころか剛胆な反面、少年のごとき繊細さも併せ持っていた。

道長は花房の手を握ると、こみ上げる恐怖を必死に殺そうとしていた。国の舵取《かじと》りをしている男の手は震えてこそいなかったが、冷えて乾いていた。

「伯父上、私がついております。武春のような力はありませんが、私がお側で寝ずの番をします」

花房の申し出に、道長は片頬をゆるませた。乳母に夜更かしを叱《しか》られた時みたいに。

「ずっと手を握っていてくれるか」

「はい。だから眠ってください」

「そなたがいれば、邪悪な念も眩《まばゆ》さのあまり、逃げ出すであろうな」

道長は御帳台まで、花房の手を引いていった。花房の顔を確かめながら身を横たえる。

何もかも委《ゆだ》ねきった表情の伯父へ、花房は衾《ふすま》をそっと掛けると、その手をしっかり握った。生まれた時から、花房を何度となく抱き上げ、力強く引っ張った大きな手だ。

しかし今、道長の手は花房に救いを求めている。呪詛でいつ取り殺されるのかという恐怖を、花房の手のぬくもりで忘れようとしていた。

「いかな邪念でも、私が伯父上を慕う想いの強さに勝てましょうか」

「頼もしいな」

花房の言葉に安堵《あんど》したらしい道長は、それきり目を閉じると、ほどなく安らかな寝息を立て始めた。疲れ切った道長の逞《たくま》しい身体は、精気が抜け落ちて小さく見える。

――伯父上は、誰にも弱みを見せずに、ひとりで堪えていらしたのだ。

武春へ派手に頭痛を訴える時、痛みこそ伝えても、恐れとは無縁に思えた。

しかし、一国を背負っていく男の強さを必死に装ってきた道長が、やはりひとりの人間にすぎなかったのだと、花房は感じ入る。

――今宵は武春のかわりに、私がここに控えております。

花房は太刀を左に置くと、暗闇《くらやみ》に目をこらした。悪《あ》しきものの気配を感じたら、それを斬《き》り捨《す》てようと。

そして、道長を護り抜く一心で、意識を集中した。五感は冴えて、灯火の揺れるそよぎまで、つぶさに感じ取れるようになっていく。

すると、西の内裏の方から徐々に、犬の吠《ほ》える声が近づいてきた。異様な風が上空を通り過ぎていくのを警戒し、犬たちは吠えかかっている。

重い風が、一直線にこちらへ向かってくるのがわかった。西廂《ひさし》の房に、不思議と圧を感じた。

——来た！　おそらくこれが邪念だ！

道長のため、ひたすらに研ぎ澄ました五感は、錆びた金属をこすり合わせたような軋《きし》みを聞いた時と同じ嫌悪感を、その圧に覚えた。

ガタンと障子が鳴る。姿形は見えずとも、悪《あ》しき念が寝所へ入り込んだのがわかった。

無数の蠅《はえ》が飛び回るような呻《うな》りと鬱陶《うっとう》しさが、肌身に押し寄せてくる。

「伯父上には指一本触れさせせぬ！」

部屋中《へやじゅう》を巡る妖《あやか》しの気配を捕まえようと、花房は頭を巡らせた。

すると、頭の中で神経質な擦《かす》れ声が弾けた。

『断袖《だんしゅう》の君か！　キシシシシシ……』

その呼びように、花房は邪念の主が誰かを特定した。

——やはり居貞《おきさだ》親王！

蠅の呻りがごとき笑い声が、部屋中で渦巻く。

「いくら親王さまといえども、伯父上を害するのならば、その邪念、断ち斬ります！」

花房は立ち上がると、太刀の鞘《さや》を払う。

「陰陽の術は使えなくとも、呪詛に勝るは献身の念。この命に代えても、伯父上を……」

『おおこわ。くわばらくわばら』

花房に気圧《けお》されたのか、蠅の呻りを伴った圧は、飛び去っていった。

太刀を手にしたまま、花房は息を弾ませ、母屋の四方を睨《にら》んだ。

――消えた……。ひとまず追い祓ったのだろうか。

武春が〝陽の気〟で邪念を追い祓うのならば、花房の場合は気魄《きはく》だけで押し戻したようである。

と、花房はさっきまで握っていた道長の手を、放していると気がついた。

「あ、伯父上を……」

いけない、と咄嗟《とっさ》に道長へ駆け寄ったが、刹那《せつな》の差で〝それ〟は訪れた。

「うわあっ！」

道長は叫んで飛び起きると、目を見開いたまま、小刻みに震えていた。

「伯父上、いかがなさいました？」

「………」

「伯父上、花房です。私はここにおります」

硬直したまま震えている道長を、花房は抱きしめた。彼は怯《おび》えきっている。

「いったい何が……」

花房の衣から〝反射の香〟が涼しく薫れば、道長は正気を取り戻し、強《こわ》ばった身体も自由になった。奥歯を嚙《か》みしめて、どうにか平静を保ち、彼は喉《のど》から声を絞り出した。

「花房、彼らが来た」

「彼らとは？」

「伊周と清少納言《せいしょうなごん》、そして……主上だ」

額に脂汗を浮かした道長は、苦汁を飲み下す面つきで一条帝の名を口にした。

「まさか、主上が！」

「三人揃《そろ》って夢枕《ゆめまくら》に立った……敦康の件で、腹が煮えて仕方がないのだろう」

「そんな……」

敦康親王を道長が擁したまま、その行く道を定めないことで、誰より苦しんでいるのは一条帝である。彼が左大臣の非情に恨みをかこつのは、当然ともいえた。

「伯父上は、敦康親王さまをどうなさるおつもりなのですか」

「どうも……私が敦康を、疎んじているとでも思っているか」

「伯父上？」

「彰子が産んだ子なら、今すぐにでも立太子させている！　ただし、敦康を立てれば、伊周だけでなく高階《たかしな》家が我が物顔でのしてくる。あいつらだけは許してはいけない。政道が乱れる」

道長は、花房の肩に頭をのせると、力なくつぶやいた。

「人の上に立てば、同時に恨みを買う」

花房へ、道長はぐったりと身を預けてきた。慌てて引き起こせば、全身が燃えるように熱い。

「伯父上っ」

道長は、敦康親王を心の底では愛おしんでいる。可愛くてたまらないのだ。

しかし、その心を殺し、政治家としての本道を貫こうとして、彼自身がその矛盾に引き裂かれていた。

「敦康をいつ立坊するかは……」

道長の夢枕に立ったという伊周、清少納言、そして一条帝は、果たして真実の訪れだったのだろうか。あるいは、道長の自責の念が見せた幻なのかもしれない。姪《めい》の定子を中宮の座から追い落とし、その子の敦康を飼い殺しにしている罪悪感は、彼の裡《うち》では消しがたいものなのだろう。

「花房、私に何かあった時には、敦康をお前が……」

果たして道具として利用するのか、あるいは立坊させるのか、それすらあやふやなま、道長は高熱を発し、人事不省となった。

「敦康を、敦康を……」

熱に浮かされて繰り返すのは、そのひと言のみである。

道長の異状を聞きつけ、土御門邸へやってきた武春は、赤黒い顔色の道長の額に手をあて、困り果てた目を花房へと向けた。

「駄目だ。道長様の根っこに、恨みが突き刺さっている」

「それは、どけられないものなのか？」

「道長様を恨んでいる人たちが、本当に悪人なのかな。高階家の連中以外は、皆まともだよ。何より少納言がどれほど清らかな人かは、花房だって知っているよね」

「あ……」

「政治と正義は、まっすぐだけじゃないんだ。その歪《ゆが》みをひとりで背負うから、道長様は苦しまざるをえない」

武春は、熱に苦しむ道長の手をさすった。

破魔と破邪の陽気を送り込んでも、道長へ宿った恨みの気は抜けない。

「呪詛じゃない、邪気でもない。普通に恨んで、主上が来ている。これが、恨みの押さえになって、追い祓えない」

「では、伯父上は」

「迫ってきた恨みの念と、対話して解決するしかない。負ければ命を落とす……」

呻りつづける道長の手を花房もさすった。

「敦康親王をどうか、一番よい形で……」

花房が祈った瞬間である。武春はもうひとりの男児が、部屋を駆け巡る幻を見た。

「誰だ、この子どもは?」

キラキラと光がこぼれるように、子どもは走り抜けた。

――金と瑠璃《るり》。なんだろう、この印象は? 金と瑠璃だ……。

煌《きら》めく子どもが走り抜けた後、道長は完全に寝ついてしまった。

そして武春は、第六感で察していた。

――もうひとり、子どもが出てくる。それも桁外《けたはず》れの存在が!


連日の高熱に魘《うな》される道長は、切れ切れに戻る正気の間に、隆家を呼び出した。

「叔父上、お気を確かに」

「確かなら、お前を呼ぶまい」

「いや、確かな時に俺を呼んでいるのでしょう」

「お前は、やっぱりおかしなやつだ」

「あなたもですよ」

隆家は、自分とよく似た性格の叔父を見つめた。謎《なぞ》の高熱を発して床についている道長には、いくつもの呪念がとりついても然るべき、と胸の奥に苦みがたぎる。

——兄上か、高階のおじたちか、あるいは主上か？

「俺に言えることがあるのならば、今ここで約してください。俺にとってあなたは大切な叔父です。俺があなたとの約束を、きちんと伝えて、くだらない呪《のろ》いは退けます」

「隆家、私を信じるか」

「あなたは嘘がつけませんから」

「お前も同じ」

花房の目の前で、道長と隆家は手を結び合って約束を交わす。

「彰子はまだ十六。あと五年待って男児をなさねば、敦康を東宮にしよう」

「叔父上っ、本当に」

「敦康は、彰子にとっては実の子も同然。あの子を東宮にすれば、九条《くじょう》の一門は……」

熱に浮かされた道長の手を、隆家は包み込んだ。

「敦康を護り育てるために、俺は何でもいたします。だから叔父上、あなたこそしっかりしなければ」

「頼んだぞ、隆家。九条の家が、最後まで立つためには……」

隆家は、花房の目を射貫いた。

——この確約、聞いたな。

不遇の親王・敦康を、隆家が護り育てると誓ったのだが、側に控える武春は、声にならない悲鳴を噛み殺していた。

――敦康様だけじゃない！　これから先、何人もの親王が帝位争いに立つことか……。道長の強権が揺らげば、現在の東宮、居貞とその息子に、敦康親王のみならず、他《ほか》の派閥の親王も、担ぎ出される恐れがあった。

――道長様が弱れば、間違いなく嵐《あらし》が吹き寄せる。

武春の直感は、時に冴えて間違いがない。

その予感のとおり、きな臭い噂が宮中に流れ始めた。

「光輝《みつてる》親王のお手元に、秘密の親王がひとり隠れているらしい」

誰の子であろうかと、宮廷人は噂し合う。妻なき自由の身の光輝親王ならば、平然と我が子を公表するはずである。

「花山院《かざんいん》か、あるいは……」

一条帝にもうひとりの親王がいた場合、後継問題は一気に複雑化するだろう。

病床の道長は正気に戻る合間に、腹心の行成《ゆきなり》へ、光輝が擁する秘密の親王の存在を「徹底的に探れ」と命じた。

「もうひとりいれば、ただごとでは済むまい。このままでは彰子も呪詛されかねない」

道長が危惧《きぐ》したとおり、彰子も夜毎、魘《うな》されるようになった。

なぜだろうか、寝所の中を美しい風が駆け巡るような、不思議な夢魔に襲われるのである。

「風が二陣。甘く薫る風に、金と瑠璃の軽やかな確かめようもない方……」

深夜に起こされる彰子は、暗がりを見つめては正体を見定めようとした。

「あなたは誰?」

無邪気に風が舞っていた。

笑いながら、遊んでいるのだ。

その無邪気さに、彰子はゾッとした。呪いなどという低級の感情とはかけ離れた想いが、何かを訴えかけているのである。

「私を訪れる不思議な風の正体は、何なのでしょう」

単なる呪念とは異なる何かが、彰子にも迫っていた。


「フンっ」

土御門邸に籠《こ》もりきりの道長を武春が見舞えば、すれ違った賢盛が、これ見よがしに無視をする。

「あの……」

武春は、おそるおそる声をかけるが、賢盛は足早に通り過ぎていった。

やはりまだ怒っているのだ、と武春が肩を落とせば、花房も切ない息を吐く。

「賢盛は、私を許していないのだ。だから、武春に八つ当たりしてる」

「いや、俺も嫌われる理由の、ひとつやふたつはあるんだ」

「どうして、武春が嫌われるの?」

「内緒」

武春が身分違いにもかかわらず花房を慕いつづけていることを、勘の鋭い賢盛は気づいているのだろう。乳兄弟として花房を護る彼は、武春すら警戒しているのである。

「賢盛には、私がきちんと謝って、わかってもらうから」

「花房が謝っただけでは、許してもらえないかも。俺自身の問題もある」

「こんな日がこれからもつづくと考えるだけで、辛《つら》い……」

すっかり気落ちしている花房の額に、武春は手をあてた。

「あ……」

武春の大きな手から、温かな気が流れ込んできて、花房の胸の内で渦巻いていた黒雲が吹き飛んでいく。不安や胸の痛みを消し去る〝陽気〟の力に、花房は目を見張った。

「武春……どうして?」

魔や邪念を祓うだけでなく、人の心を温める力があるとは思っていなかったのだ。

問われて、武春も不思議そうな貌をした。

「あ、ごめん。なぜか、触らなくちゃと思って」

「え？」

「ふ、不純な気持ちじゃないから……」

武春は言葉を濁したまま、立ち去った。

花房を愛していることは、一生秘さねばならないと肝《きも》に銘じながら。

「武春……」

彼に触れられた額が熱くて、花房の鼓動は速まった。


三人の関係が修復しないままのある日、賢盛は花房へ言い放った。

「俺、女できたから」

そして探るような目つきで、花房の反応を待つ。

花房は一抹の寂しさを覚えたが、賢盛ほどの美男ならば、恋人を持って当たり前だと思う。それどころか、花房の護り役としてしじゅう側にいて、恋をする暇もない方がおかしかったのである。

「おめでとう。どんな人？」

その返答に、賢盛のもとより鋭い目が吊《つ》り上《あ》がった。

「そこは妬《や》いて怒るところだ！　この鈍感」

「あ……」

さすがに鈍い花房も、妬かせて振り向かせたいだけの嘘だったと気がついた。

「ごめん、賢盛。私のせいで、怒っているのなら謝るよ」

「怒ってるなんてもんじゃない。武春が相手だなんて嘘ついて。腹が立つ」

そして肩をいからせ、荒ぶる乳兄弟は館から出ていった。

──本当にごめんね、賢盛。武春と同じくらい、大切に想ってるよ。

あまりに近くにいすぎて、賢盛の忠誠も愛情も、当然として受け止めてきた花房は、彼の心のありかまでは考えずにきてしまっていた。

物ごころついた頃から、花房を命がけで護るように育てられてきた賢盛は、彼女なしの人生などありえないと思って生きてきた。嘘であっても「運命の相手」は賢盛だと言うべきだと、彼は深く傷ついていたのである。

──あの馬鹿《ばか》野郎、人の気も知らないで。ポンコツ陰陽師《おんみょうじ》が、俺より上だなんて。

賢盛は、むしゃくしゃしながら、都の大路を歩いていた。通りすがりの誰でもいいから喧嘩《けんか》をふっかけたいほどに、賢盛は怒っていた。

その剣呑《けんのん》な気配に、道行く者は距離を置く。これでは喧嘩のしようもないが。

　すると、背後から呼びかける声がした。

「お若い方……」

　振り向けば、壮年の修験道の僧であった。鋭い眼光は、人を射貫く迫力である。

「何か用かよ、坊さん」

「喝っ！」

　斬りつけるような一声で唱えられた瞬間、賢盛の全身は強ばった。

　怒りと嫉妬《しっと》に燃えていた彼の心は、簡単に乗っ取られたのである。


　土御門邸へ邪気祓いに行く前に、武春は従兄《いとこ》の光栄《みつよし》へ相談を持ちかけた。

「道長様の夢枕に立ったのは、伊周、清少納言、一条帝の三人と特定できましたが、毎晩飛んでくる邪念の正体が突きとめられません。花房は東宮の居貞様だと言うのですが、どうしましょう」

「逃げ足が速いと言ったな」

　呪詛や恨みの念は、相手を特定しないと、根本から破ることが困難になる。しかし、相手が誰かを定める前に逃げてしまうのでは、イタチごっこであった。

「ふむ、式神を仕立ててみるか」

「俺、式神使えませんよ」

「お前の命令を聞くように、申しつければ大丈夫だ」

光栄は半紙に虎《とら》の画《え》を描くと、紙から抜け出させた。

「白虎《びゃっこ》よ、悪しき黒雲を捕まえるために、この武春を助けよ」

『がるるっ』

虎の式神を再び見た武春は、懐かしげに撫《な》でた。

「〝渦《うず》〟ではないか」

「お前用に出したため、正しくは二代目〝渦〟だ」

最強の式神をつけられて、武春は道長の館へと向かった。

――今夜こそ正体を明かして、決着をつけてやる。


激しく怒って館を出ていった賢盛が、ほどなく戻ってきたので、花房はほっとした。

「さっきは本当にごめん」

宥《なだ》めようと花房が声をかければ、賢盛の目は出ていった時以上に吊り上がり、異様な光を発していた。

「賢盛?」

突然、塗籠《ぬりごめ》へと押し込められた花房は、乳兄弟から固く抱きしめられ、驚きのあまり声も出なかった。それほどに異常な力であった。

「俺がずっと命がけで護ってきたのに、お前は他の男にキョロキョロしやがって、危なっかしい。こっちは生きた心地がしない」

そして賢盛は、おもむろに花房の唇を塞《ふさ》いだ。

「っ！」

呆気《あっけ》にとられる花房へ、賢盛がたたみかけた。

「これが本気の口づけの味だ。今まで何も知らないくせに！」

「なっ、なっ……」

「お前が誰より大事なのは、道長様だ。だけど、俺の一番は花房なんだ。だからお前の一番になりたいんだよ」

「……だけど、伯父上は私たちにとって、特別な方ではないか」

「もういい、お前じゃ話にならない」

花房を突き放した賢盛は、そのまま足音荒く道長の棲む寝殿へと向かっていった。

「今の何？」

口づけの感触が残る唇をなぞり、花房は賢盛の激情が、単なる乳兄弟の絆《きずな》を超えていると、やっと気づいた。

「そんなの無理だよ、賢盛……」

生まれた時から、兄弟として育ってきたのだ。ましてや、恋をしてはいけない宿命の花房が、彼を男性として愛するなどありえなかった。

しかし、今まで賢盛を無数に傷つけていたとも思い至り、視界が歪んだ。

――私に返せるのは、兄弟としての気持ちだけなのに。

道長の寝所へ入った賢盛は、眠る道長の背中へ手を置いた。

途端に、道長は苦悶《くもん》の声をあげた。

『道長様、苦しいですか。俺もずっと苦しかったんですよ』

「ぐうっ」

『俺の大切な花房を、あなたは当たり前の顔をして取っていく』

「誰だ、そなた……」

しゃがれ声で恨みつらみを告げる賢盛が誰なのか、道長にはわからない。

『今夜で楽にしてあげますよ』

賢盛がさすると、道長はのたうち回った。

「ぐっ！　……私を殺すつもりか」

『今まで生きていた方が、不思議なのだよ』

常ならぬ様子で塗籠から出ていった乳兄弟が、何かをしでかしそうだと案じて、後を

追った花房は目を見開いた。苦しむ道長の背を撫でながら、賢盛が笑っていた。

「ねえ、賢盛。何しているの？」

嫉妬で形相の変わった賢盛の背からは、青黒い火花が立ち上っていた。

花房の背筋が凍った。

「か、賢盛じゃない……」

振り向いてニヤァッと賢盛は笑った。その笑顔を、花房は以前に見た覚えがあった。はっきりと何度となく。薄暗い沼を思わせる館の奥で——。

「まさか……そんな」

「そのとおりだ、花房。賢盛から離れろ！　賢盛には悪しき何かが、乗りうつっている」

道長へ取り憑《と》こうとする邪念を祓うためにやってきた武春は、花房へ鋭く命じた。

「さあ、邪《よこしま》な念よ。お願いだから、俺の親友から、抜けてください」

『いつもの陰陽師か』

「ということは、お前もいつもの邪念の主だな」

賢盛が、ギロリと目を剝《む》いた。明らかに彼は何ものかに乗っ取られていた。

嫉妬や怒りを餌《えさ》に賢盛へ入り込んだ邪念が、その身体を借りて、左大臣へ直接呪詛の手を下していたのである。

「今夜は逃がさない！　かかれ〝渦〟！」

虎の式神は、賢盛に飛びかかると、彼の首筋に噛みついて、青黒い霧の塊をくわえた。逃げようとする邪念を式神が捕り押さえ、武春との対話へ持ち込む戦法だ。

「名乗られませい」

『下賤《げせん》の陰陽師ごときに、名乗る名は持たぬ』

「ならばこちらから問う。あなたは、東宮・居貞親王ですね」

『うっ』

正体をはっきりと指摘され、青黒い霧は虎の口元で震え始めた。

「消え失《き う》せよ、悪しき者！」

武春が放つ破魔破邪の陽気が、部屋を明るく照らし、賢盛を正気に戻した。青黒い霧も一瞬にして消え去った。

「あ、俺……どうしてここに……」

嫉妬を足がかりに、呪いの通り道にされていた賢盛は、まるで覚えがないまま道長の寝所にいる不思議に、ポカンとしていた。

「よかった、正気に返って……」

「俺はいつだって正気だよ……だろ？」

「ううん、さっきまで違った……」

「武春はおかしな術をかけられて、道長様を直《じか》に呪い殺すところだったんだぞ」

花房に抱きつかれ、武春にはポロポロ泣かれ、賢盛は昔からふたりは変わらないと痛感する。殊にむく犬の仔《こ》みたいに賢盛のあとを追いかけていた武春の幼い日と、泣き顔が重なって見えた。

「泣くなよ、武春。泣き虫だった昔みたいだぞ」

「だって、心配《すさ》で……」

魔を祓う凄《すさ》まじい能力と気魄を秘めているくせに、武春は賢盛の前でだけは、いくつになっても〝弟〟の態度で接してくる。

「悪かった。つまらぬ焼《や》き餅《もち》やいたりして。俺にとっての親友は、武春ひとりなのに」

「賢盛……」

「だから、もっと自信持て。お前は誰より凄《すご》い陰陽師になれる。式神を使えなくても」

「うん。俺、賢盛に褒めてもらえるよう、頑張るよ」

武春は安堵すると、賢盛を固く抱きしめた。

「痛いだろうが、この馬鹿力！　放せっ」

花房は、かけられた術からどうにか抜けた乳兄弟が、長身の陰陽師に抱きしめられている姿に、ほっとする。

「やめないか、背骨が折れる！」

花房は、乳兄弟が心の裡《うち》に秘めていた昏《くら》がりには、触れずにおこうと決めた。

そして賢盛もまた、嫉妬を捨てて、花房と道長を護るために、武春と手を携えていこうと心に深く刻んだ。


武春の働きで、道長はからくも一命を取りとめた。

しかし、呪詛は一度返しても、呪い手がしつこく念じつづければ、またもややってくるだろう。それほどまでに、宮中の皇位継承問題はこじれていた。

寝床で花房を手招きした道長は、熱に浮かされていた時に、不思議な夢を見たと語った。

「花房が唐衣に身を包み、長い黒髪を伸ばしていたのだが、車に乗ってどこかへ消えていってしまうのだ」

生と死の境で見る夢は、無意識に察知している真実を伝えてしまうこともある。

ギョッとした花房は、道長から顔を背けた。

最愛の伯父にも知られてはいけない秘密――生涯抱えていくには、重すぎる秘密であった。

「以前、そなたのところへ女が忍んできたことがあったろう。ほら、倫子《りんし》殿が牛車を貸して。あれはもしかして……」

光輝親王との賭《か》けに負けた花房が、女装して親王の館へ訪ねていった件を、道長は誤解していたが、すでに一年以上も前のことである。

はにかみながら、花房は賭けに負けた末に女装した顛末を説明した。

「光輝親王も数奇なお方だ。しかし、見てみたかった」と、道長は悔しがる。

甥と信じる花房の手をそっと握った道長は、これから先も結婚話は一切なしだ、とつぶやいた。彼は花房が、武春と前世の縁《えにし》がありながらも結ばれないと真剣に信じているのだ。

「お前の子どもの顔は見たかったが。女の子ならば、さぞかし美しいだろうに」

「まさか私に娘ができたら、入内させるおつもりですか」

「夢のような話ではないか」

ふたりがしみじみと語り合う姿に、賢盛と武春は、悍馬《かんば》と蝶《ちょう》が、花の中で戯れる幻を、見ていた。

第七帖　悲願の果て

道長《みちなが》が健康を取り戻したことで、宮中の動きにも変化が見えた。

まず道長に何かがあった場合、国の舵取《かじと》りを任せる人材がいない、と一条帝《いちじょうてい》が大慌てで取り繕ってきたのである。右大臣は愚か者で有名であり、伊周《これちか》や隆家《たかいえ》では若すぎる。

一条帝は叔父の復帰を喜び、彰子《しょうし》の後宮にも頻繁に渡るようになった。それが道長に対する、最大の慰撫《いぶ》だからである。

ところが、ある日。道長の懐刀《ふところがたな》として働く藤原行成《ふじわらのゆきなり》が告げた件で、道長は顔色を失った。

「光輝《みつてる》親王のもとに、六歳の男児がいる?」

一年前、敦康《あつやす》の後見に立とうとして道長に敗れ、隠棲《いんせい》を再開した親王が、再び京《みやこ》へ戻った後、突然、男児を引き取ったというのである。

「当然、隠し子だろうが」

「ところが、その男児は右大臣・顕光《あきみつ》様の家司《けいし》の館《やかた》で、ひっそり育てられていたようです」

「六歳の男の子……顕光の家の者が隠し育てていた？　まさか！」

五年前と言えば、顕光の娘・元子《げんし》が、不可解な流産をして、里へ身を寄せていた時期と重なる。懐胎した腹からは、大量の水しか出なかった奇怪な破水事件として、宮廷中の噂《うわさ》となり、元子は里へ籠《こ》もったまましばらくは出仕しなかったのだが。

道長と行成は、ひとつの結論に達した。

「あの時に、生まれていたのだな！　それも男児が」

この男児は、敦康親王よりも年長で、一条帝にとっては第一皇子となる。右大臣の顕光は主上《うえ》の第一皇子の祖父となり、本来ならば大手を振って宮中を闊歩《かっぽ》しようものだが、なぜかその男児を部下の館深くへ隠してしまった。

「なぜだ？　顕光が皇子を、人前に出せない理由でもあるのか」

「つづけて探索させています」

「顕光の家司が隠してきた男児を、光輝親王が引き取った……臭《にお》うな」

「はい。何せ、秘密の親王が光輝親王の館にいるという噂もあるほどです」

「光輝親王のもとにいる男児が顕光の孫ならば、秘密の親王という一線でつながるな」

陰謀が常にくすぶる宮中で、美貌《びぼう》の親王が再度、道長へ挑みかかる可能性は、杞憂《きゆう》ではなかった。

年も改まった長保《ちょうほう》六年（一〇〇四年）の正月、花房《はなふさ》も従五位上へと昇進が決まった。

新年の除目《じもく》は基本的に地方官の人事発表だが、道長は花房の地位をあげてやりたい一心で、同じく蔵人《くろうど》の藤原清音《きよね》と一緒に昇進させてしまった。情に篤い分、依怙贔屓《えこひいき》も派手で、花房ひとりを持ち上げると反感を買うと知って、清音も便乗させて位をあげたのだ。

これでは清音の大叔父で、うるさ型で知られる実資《さねすけ》も文句は言えない。姑息《こそく》なやり方だが便乗して官位があがれば、御礼《おれい》のひとつも言いたくなるものだ。

そして昇格した花房に、左大臣はさっそく、新年の用を申しつけた。

「光輝親王のところへ、新年の挨拶《あいさつ》に行ってこい」

「都へお戻りになっていたのを、ご存じでしたか」

「花房、私がどれだけ間諜《かんちょう》を放っているか、まるでわかっていないな」

そうまでしないと、国は動かせないのか、と花房はのんきに感心した。

「ついでに、隠している小さな親王さまのご機嫌も伺ってこい」

「隠している何ですって？」

花房は、光輝の館にもうひとりの親王が隠れ棲んでいると聞いて驚いた。

「お前の頼みなら、ぬけぬけと白状するに違いあるまい」

やはり新年早々、間諜をつとめるのかと花房は苦笑した。

そして、花房を喜んで出迎えた親王は、彼女の問いかけにシラッと返した。

「すでに勘づかれていたか、さすがは左府」

「では、もうひとりの親王さまは、やはりいらっしゃるのですね」

「実資か行成が嗅《か》ぎつけて報告したとみたが、そなたに密偵を頼むところが、また左府らしい」

その隠れた親王が現れた時、花房は仰天した。付《つ》き随《したが》う賢盛《かたもり》と武春《たけはる》も同様である。

黄金の髪と青い瞳《ひとみ》を持つ、白い肌の男児であった。

「主上の最初の皇子だ。名は祥望《よしもち》。母は右大臣の娘、女御・元子」

「まさか……」

「六年前に女御が、奇妙な流産をした噂は知っていよう。実はあの時、この祥望を産んでいたのだよ」

異形《いぎょう》の親王を隠すために、顕光は流産事件をでっち上げて、この皇子を匿《かくま》い、大切に育てていたのだという。

「この姿では、主上のお胤《たね》ではないと疑われても仕方がない。娘の女御ともども右大臣も失脚する恐れがある」

「でも、本当に主上の御子なのですか?」

恐れを知らぬ賢盛の問いかけに、光輝親王は意味深な笑みを浮かべた。

「至るところで監視されている女御が、異形の男と通じられると思うのか。隋《ずい》や唐と国交していた時代には、西域の美姫《びき》を珍しがって妾《めかけ》にしていた上卿《しょうけい》もいたのだ。その血が出てしまった先祖返りだろう」

「それにしても、眩《まばゆ》い金の髪でございますね」と花房が珍しそうに眺めやった。

「そなたたちだって、異形の陰陽師《おんみょうじ》とつきあいがあるではないか」

「あ、氷宮《ひのみや》の陰陽師！　なぜご存じなのですか」

「あの者は、主上直轄の陰陽師だ。私が知っていてもおかしくあるまい。それに、珍奇で美しい者がいたら、何をおいても逢《あ》いにいこうと思うのだよ、花房」

光輝は、黄金の髪の子どもを抱き寄せると、愛《いと》おしくてたまらない手つきで撫《な》でた。

「美しい子だろう。私はこの子を次の東宮《とうぐう》に立てようと思う」

「えっ？」

「敦康はすでに左府の手中。やすやすとは手に入らない。しかし、この祥望は敦康の兄。長幼の序に鑑《かんが》みれば、こちらを立てるのが筋というもの」

光輝親王は、清少納言《せいしょうなごん》に呪詛《じゅそ》の形代《かたしろ》として用いられたと知ったあとは、彼女が肩入れする敦康親王への興味をすっかり失っていた。

ところが右大臣の顕光から、隠し育ててきた親王を委《ゆだ》ねられる珍事が発生した。将来の帝《みかど》にふさわしい教育を施し、その後見になってほしいと。

顕光は、人望のないおのれでは、異形の孫を支えきれないと察し、宮中で隠然たる勢力を誇る光輝親王に託したという。

哀れな親王を託された光輝の野望に、再び火が点《つ》いた。今度は、誰かにそそのかされ誘導されたのでもない、彼自身の意思であった。

「青い目の主上か。まるで秦《しん》の始皇帝のようで、愉《たの》しかろう」

「しかし、それを宮中が認めるでしょうか」

氷宮の陰陽師が隠れ暮らす苦労を知っている武春は、その姿ゆえに幼い親王がはじかれると推測した。

「髪や瞳の色など、帝の条件ではなかろう。大事なのは血筋と才と心ばえではないか」

心強い味方を得て、すでに安心しきった幼い親王はもったいないものを見るように、花房へ微笑《ほほえ》んだ。

「花房は笛の名手なのだね。いつかあなたと合奏できるように、私も笛を精進する」

「勿体《もったい》ないお言葉です、祥望親王さま」

「それに馬も！　昨日、初めて馬を見たのだ。大きい白馬なのだよ」

親王の愛馬であった。今まで庭へ降りることすら禁じられてきた異形の子は、光輝に引き取られてから、新しい世界でいくつものことを知ろうとしていた。

氷宮の陰陽師と同じく、渡来の血が表出したために、世から抹殺された親王の哀れさは、優れすぎたがゆえに、政治表から退けられた光輝親王と通じるものがある。

だからこそ光輝親王は共感し、黄金の角髪《みずら》を結った幼子の後見になると決めたのだ、と花房たちにも察しがついた。

――そして、女であることを隠して生きねばならない私も、どこか似ている。

花房がわれ知らずに吐いた小さなため息を、光輝親王は異なる意味で捉《とら》えていた。

「私が道長と再び相まみえるからといって、挟まれて苦しむ必要はない。勝った者が堂々とそなたを取る、それだけのことだ」

傾国の宿命が、またもや花房に襲いかかろうとしていた。


花房の報告を受けた道長は、目を見開いたまま、しばらく何も応《こた》えなかった。

「伯父上……」

「本当に、光輝親王がそう言ったのだな。女御・元子の子だと」

「はい。黄金と瑠璃《るり》でこしらえたお人形のような親王さまでした」

「人形として光輝親王が操るには、粋をこらして面白かろう」

娘・彰子の受胎まで、敦康を擁したまま時を稼ぐつもりであった道長は、主上の第一皇子である祥望親王の出現に、ギリギリと奥歯を噛《か》んだ。

現在の一条帝は、亡き定子《ていし》へ残す情ゆえに、その子・敦康を可愛《かわい》がっているが、もうひとりの親王が出現しては、どこへ舵《かじ》を切るかはわからない。

愛情だけでは切り回せないのが、政治の世界だ。おのれを好き勝手に使う道長との交渉に、この隠された親王を持ち出してくる可能性も出てきた。

「その祥望という親王を表へ出されたら、あの顕光が一気に摂政へ昇る。そうしたら、この国の政治はどうなる?」

不機嫌この上ない道長は、花房を下がらせると、能吏・行成へ昏《くら》い目を向けた。

「その親王を名乗る異形の子、主上のお胤ではないとの噂を先に流すか」

「いえ、それを言ってしまうと、中宮様だって金髪の皇子をお産みになる可能性が」

「なんだと!」

「左府様と顕光様はいとこ同士。お父上同士は兄弟ではありませんか。当然、同じ血が流れております」

先祖の話を出されて、道長はぐうの音も出なかった。

唐渡りの西域の美姫を妾として入れて、その子が跡をとった秘密が、藤原家の主筋の家には連綿と伝えられてきたのである。

「では、どうする」

術数が得意な能吏は、声を一段低くして囁《ささや》いた。

「お手を汚す必要などございません。やんごとない方が、勝手に動いてくださいますよ」
軽く揺さぶるだけで――という言葉を、行成は呑《の》み込《こ》んだ。

新年の挨拶で、居貞《おきさだ》親王の館へ足を運んだ道長は、世間話に取り混ぜて、祥望親王の存在をちらつかせた。

「奇妙な噂だと思い、調べたところ、やはり事実のようで」

「左府、相違ないか。単なる噂ではないと?」

「間違いありません。何せ花房が、直接聞き出したのですから」

花房の名を出され、居貞親王の眉《まゆ》がぴくりと震えた。

「ほう。〝断袖《だんしゅう》の君〟が、閨《ねや》で聞き出したというのか」

花房に縁談を断られて以来、ことあるごとに侮辱する居貞を、道長は「だからそなたは、人気最低の東宮なのだ」と内心で罵《ののし》ったものの、当初の目的は果たした。

――どう動くかな、我が甥《おい》の東宮は。

道長と会っている間は、平静を装っていた居貞親王であったが、叔父が帰った途端、怒りと恐れに襲われた。

一条帝の皇子が敦康ひとりならば、自分が帝位に就《つ》いたあと、息子にも次期東宮の道筋をつけられるが、主上の後継者がもうひとり出現すると話は異なる。いずれ左右の大臣の孫が並べば、後ろ盾の弱い居貞の息子など、継承権争いから弾《はじ》かれてしまう。

――下手をすれば、私も引きずりおろされる！

その夜から居貞親王は、哀れな少年親王に呪詛をかけ始めた。呪《のろ》う対象が道長から、祥望へと替わったのだ。

突如、謎《なぞ》の高熱に見舞われた祥望を見立てた薬師《くすし》は、薬湯《やくとう》が効かないといぶかしんだ。

「風病《ふうびょう》ではないのか？」

「咳《せき》も出なければ、脈も普通でございます。発疹《ほっしん》もなければ、肌も赤みどころか、青ざめておいでです。私が思うに……」

「呪詛と申すか」

光輝親王は、すぐさま武春を呼びつけた。

「頼む。かつて私を救ってくれたように、この祥望を助けてほしい」

誇り高い親王が、武春にすんなりと頭を下げる。頼まれた方が、恐縮する有り様だ。

「俺なんか、式神も真言も使えないポンコツですけど」

「しかし、そなたは他の誰もかなわない力を持っているではないか」

祥望の身を案じる光輝親王は、単に利用するだけではなく、心底慈しんでいると、武春はひしひしと感じる。

「全力を尽くして、祓《はら》います」

武春は部屋中《へやじゅう》を飛び回る青黒い霧の塊へと、注意を集中した。

その気配には、覚えがある。濡《ぬ》れた布を引きずったかのごとく、湿った感触が部屋中で綾《あや》を描く。

──東宮・居貞親王っ！

前に祓った時には、式神の〝渦《うず》〟を連れていたが、今回はあいにくと単身で乗り込んでいた。

──それでも破ってみせる。

武春は、祥望を庇《かば》うために熱を帯びた額に手をあてると、破魔破邪の陽気で〝網〟を張ろうと意識を高めた。素早く飛び去る邪念を搦《から》め捕《と》ろうと思いついたのだ。

部屋をじめついた念で飛び回る対手へ、光の網を放つ。

『ぎゃあっ！　下賤《げせん》の者、放さぬか』

「かかった！」

武春は放つ陽気に確かな手応えを感じた。引き寄せる。光を強めていく。

「今度こそ逃がさない。悪《あ》しき者、汝《なんじ》を縛り、断ち、砕き……」

光の網に捕らわれ、青黒い霧はもがく。武春は全身が引きずられそうになりながら、何とか踏みとどまり気を高めた。

「破るっ！」

青黒い霧は、砕け散った。引きずられていた反動で、武春は後ろへ弾かれた。

「なっ……」

砕いたはずの邪念の霧は、部屋に満ちた光に恐れをなして、散り散りに館の外へと逃げ出した。

霧消するのではなく、細かく散ったまま、邪念は生き延びようと逃げたのだった。

——破り切れなかった。おそらく今頃は……。

部屋を光で再び浄《きよ》めると、武春は館の外を改めた。

想像したとおり、再びひとかたまりとなった青黒い霧は、館へ入れず周りをウロウロとしていた。

——なんて念の強さだ！　再生するなんて。

今まで、天性の陽気でいかなる邪念をも打ち破ってきた武春は、居貞親王が単なる呪い手の域を超えた精神状態となっているのでは、と恐れた。

呪詛を返されたり、生き霊の正体を見破られた場合、撥ね返った念は本人へ降りかかるが、その痛みは恥の意識へ突き刺さる。

しかし、今回の邪念は恥の概念を持ち合わせていないのだ。

——まさか、正気を失っている……。

ひとまずは東宮・居貞を追い祓ったものの、油断はならないと武春は思いつつ、次は土御門《つちみかど》邸へ向かった。

居貞親王の呪念の対象が祥望へ移ったことで、最も質《たち》の悪い邪念は訪れなくなった道長だが、清少納言の生霊《いきすだま》だけは、夜毎《よごと》、邸内に入り込んでいた。陰陽師・賀茂光栄《かものみつよし》が結界を張り巡らして、一条帝と伊周の念を弾いても、彼女だけは結界を乗り越えてくる。

そして、武春が道長の寝所に侍《はべ》って、追い祓う。

――不思議だ、日に日に顔どころか装束の模様まではっきりと見えるようになった。武春には、繰り返し訪れる清少納言の顔つきも、以前とは違って見える。修羅の形相ではなく、迷いを抜けた表情に思えるのだ。

「だから、結界をくぐり抜けたのでしょうか？」

従兄《いとこ》の光栄へ疑問をぶつければ、大方は当たっていると眉根を寄せた。

「最も厄介な生霊だ、武春。以前の少納言殿とは、心の持ちようが違っているのだよ」

「どういう意味でしょう？」

清少納言の生霊が結界を押し破ってでも道長の夢枕《ゆめまくら》に立つのは、ひとえに定子への思慕が強すぎるからである。

その恋情に輪を掛けるのは、敦康の不安定な立場であった。さらに異形の親王が登場したことで、不安はいや増していた。

以前は道長を呪っていた清少納言も、今度は敦康親王を護《まも》ってほしいと訴えるために、夜毎訪れていた。敦康の一日も早い立坊をと、懇願しての飛来だったのだ。

「清少納言の恨み言の質が変わってしまったために、結界が破られているのですか」

「彼女はすでに敦康親王の乳母の心根のようだ。子を思う母の強さに敵《かな》うものはない。恋人や夫婦の想《おも》いすら凌駕《りょうが》する。だからこそ、呪詛を阻む結界を乗り越えられるのだ」

母の愛に勝る強い感情はない、とわかっていても、武春は彼女の念を退けねばならない。

道長が病に倒れれば、その庇護下《ひごか》にいる花房にも火の粉が降りかかる。それまでの鬱憤《うっぷん》を晴らすように、大勢の貴族たちが花房へ虐《いじ》めを仕掛けるだろう。

その結果、やがては花房が女だと正体がバレてしまうに違いない。そうなったが最後、男たちは彼女を奪い合って争いへと発展する。

――清少納言を追い祓わないと、花房の破滅につながっていくんだ！

武春は、おのれの身を犠牲にしても彼女を護らねば、と腹の底に力を込めた。

「どうする、今宵《こよい》は式神の〝渦〟を連れていくか？」

「いいえ。少納言が変わったのならば、俺も変わらねばなりません」

普段は自信なげな武春が、この時ばかりは光栄へ強い視線を向けた。

「お前の考えは、わかる。だが、簡単ではないぞ」

「それでも、この方法でしか対峙《たいじ》できないのです」

ならば行け、と光栄は武春の四方を祓った。


道長は、武春の訪れを確かめると、安心してスッと眠りに落ちた。

「今宵もお前を信じている」

大病を得るまでには至っていないが、道長も日毎に衰弱していた。結界を破って侵入する清少納言の生霊が現れるまでは、武春も祓えはしない。すると、飛来して恨み言を連ねるわずかの間に、取《と》り憑《つ》かれた人間は体力を消耗し、その積み重ねで、やがては命の火も尽きてしまう。

「どうしよう、武春。お前でも一気に祓えないなんて……」

不安を隠せない花房と賢盛へ、少壮の陰陽師は濡れた子犬みたいな目を向けた。生霊を祓いきれない忸怩《じくじ》たる思いと、この難局をなんとしても乗り越えようと決めた強さが入り交じっていた。

「俺が少納言を読み間違えていたんだ。だから、今夜はふたりともここから出ていってくれないか」

「へっ？　俺たちに出ていけと」

退室を命じられて、花房と賢盛は顔を見合わせた。

「……大丈夫なの？」

武春は寂しげに笑った。

「俺が自信なんて持てると思う？　でも、少納言と対決するには、ふたりきりでないと」

思いとどまらせようとする花房の手を、賢盛が引き戻した。

「こいつがポンコツ陰陽師のまま終わるか、ひとかどになるかの瀬戸際だ」

そこまで言われれば、花房も止め立てはできない。

「できるよ、武春なら」

そう言い残して、花房は寝所を出た。

――今夜の武春は、いつもより大きく見えた……。

彼の大きな手が魔を祓うに違いない、と思った時に、ふと額に触《ふ》れられた日を思い出した。流れ込んでくる温かさで、不安が消え、安らぎに満たされた刻《とき》を。

――あの手で、もう一度触れてもらいたい。

と、花房は心臓を大きな手でキュッとつかまれた気がした。

――なんだろう、この気持ちは？

花房に初めて訪れた切なさだった。

心臓は早鐘を打ち、花房の白い頬《ほお》はたちどころに紅《あか》く染まる。

「どうした、花房？　気分でも悪いのか」

賢盛は、熱を確かめようと、彼女の額に無造作に手をあてた。

「ね、ね、熱なんかないよ」

「でも、顔が赤いぞ」

「それは生まれつき」

「…………」

意味不明の言い訳をして、花房は乳兄弟の怪訝《けげん》な目から顔を背けた。

──賢盛の手では、あんな感じはしない。あまりに普通で……。

乳兄弟として育った賢盛が触れるのは、子ども時分からの日常茶飯事だった。しかし、思い返せば武春が花房へ直《じか》に触れることなどなかった。身分の差ゆえ、武春は常に一歩下がって、花房と共にいたのだ。

──あの時、初めて……武春に触れられたんだ！

花房の貌《かお》は、暗がりでもはっきりわかるほど紅潮していた。

眠る道長の傍らで、招かれざる訪問者を待つ武春は、こちらへ向かって飛来する黒い塊の圧を感じていた。

――少納言、来たな！

道長の額に手をあて防御の態勢で待ち受けた武春は、障子の外へ気配が迫ってきた瞬間、陽の気を放った。

「悪しき者、汝を縛り……」

『っ！』

生霊が息を呑んだ。

武春は、いったん放った陽気の向きを逆転させると、相手に絡みつかせた。

居貞親王の呪念と戦った時、〝破魔破邪の陽気〟は、ただ一直線に放つだけが能ではなく、対手の念を引き寄せられると学んだのだ。

「招き、見《まみ》え……」

逃げ出そうともがく清少納言を、武春は強い気の力で、強引に母屋《もや》の中へ引きずり込んだ。

武春は、死にものぐるいで逃れようとのたうつ彼女の念を、陽の気でたたき伏せる。

「……そして、――語る」

観念した清少納言は、黒い塊から透き通った女房姿へと変わった。

『やめないか、陰陽師！』

「薄々は気づいていましたが、やはり少納言様、あなたでしたか」

陽炎《かげろう》のごとく揺らめく半透明の清少納言は、無理やりに武春との対話の場へ引き据えられて、口惜《くちお》しげに唇を噛んだ。

『なぜ私だと気づいた……？』

武春は、これは三度目の対決だと言えずにいた。

初めて道長を呪詛した時は、定子の乳母に利用されていた節があり、武春に破られた後は、呪った記憶を失っていた。

二度目は、眠っている間に無意識で、光輝親王を利用して道長を倒す呪詛を行った。

——少納言は、俺が二度も呪詛を破って返したことを覚えていないんだ。

しかし、今度の清少納言はまるで違っていた。ことの是非を冷静に見極め、それでも人を操り、道長を殺《あや》めても、敦康親王の身を立てようとしていた。

愛する親王のためならば、生きて業火に焼かれる覚悟で道長へつのる恨みをぶつける姿は、迷いがなく澄んでいた。

それゆえに、武春は悲しかった。定子とその遺児へ、とことん尽くす才女の健気《けなげ》を、武春は単なる邪念として、砕き散らしたくはなかったのだ。

「少納言様、覚えておいででしょうか。初めてお会いした時のことを。俺はまだ元服前。

亡き中宮・定子様がお住まいの登花殿《とうかでん》へのぼって、緊張のあまりひと言も話せない俺をポンと扇で打って、お笑いになった」

垢抜《あかぬ》けない子どもだった武春へ、洗練された女房たちが見下す瞳は意地が悪かった。

「こんな場違いな子が、宮さまに何の御用があるのでしょうか？」

しかし、清少納言の眼差《まなざ》しだけは違っていた。鋭い瞳の奥に優しさを隠し叱咤《しった》した。

「いずれは陰陽師となる身であろう。言葉を操らないで、なんとしよう」

その時、武春は緊張から解き放たれて、自由に動くようになったのだ。

「厳しい態度で、実は励ましてくれて……あの時から、俺はあなたを尊敬してきました」

『……武春』

「あの時の恩を、今度は俺が返したい。あなたが本当はどんな方か、俺は知っています」

才女の生霊から、悪意の棘《とげ》が抜けた。恨みに凝《こご》った浅ましさを剝《は》ぎ取《と》られ、本性を射貫かれてしまっては、日の光にさらされた氷柱《つらら》さながら、呪詛の尖《とが》りも溶けてしまう。

『武春どの、なぜ私の本懐を遂げさせてくださらぬ。私がどうして道長を恨むか、そなたならわかってくれてもよいではないか』

夕占《ゆうけ》がしたい、と無理を言った定子を内裏から連れ出したのは武春の手柄であった。

そして悪漢に絡まれ、中宮一行を護るために、傷だらけとなった彼を手当てしながら、才女は再び突き放すように言ったのだ。

「向こう見ずで勇敢な子どもだこと。その勇気をいずれは陰陽の道へと向け、多くの人を助けなさい」

そのひと言で、武春は陰陽師本来の役割を知ったのだった。

「俺が護るのは花房ひとりじゃない。道長様も、敦康親王も、そしてあなたもだ!」

『私を……なにゆえに』

清少納言は怯《おび》えていた。武春の言葉は光を放ちながら、彼女を取り巻いていた青黒い霧を少しずつ吹き飛ばしていく。憎しみと怒りに引きつっていた白い面に、本来の賢しさとぬくもりが戻ってきた。

——これで、やっと対話ができる。

武春は、大きなむく犬を思わせる瞳を潤ませた。

「俺は、これ以上あなたを悲しませたくない。俺があなたを邪念と認めて、陽の気で打ち砕き、呪詛を返したらどうなると思いますか」

はっと清少納言は息を呑んだ。

『まさか……』

「返された呪詛は、あなたが一番苦しむ形に落ち着くでしょう」

声にならない悲鳴が、部屋中に響いた。絹を引き裂き、金属をこすり合わせたような音に、武春の背筋を寒さが駆け抜ける。

『それだけはならぬっ！　敦康さまへ災いが降りかかるなど……それだけは』

「だから、俺はあなたを必死に捕まえようとした。こうやって直接話さなければ……」

また間違った道を選んでしまう、と言いかけて武春は、言葉をどうにか喉元《のどもと》へ押し込む。真実を全部語ってしまえば、此度《こたび》は正気で道長を呪う彼女の精神は崩壊してしまうに違いない。

——あなたが道長様へかけた呪詛を、俺が返して……その責めを定子様が自ら背負うとおっしゃったせいで、お言葉のとおりに命を落とされた。

清少納言が女主人へ捧《ささ》げた滅私の慕情に、定子も等しい想いを返して、死を引き受けてしまった。そのような悲劇は、二度と繰り返したくはない。

「敦康様のために、あなたができることは、人を呪う真似《まね》ではない」

『武春どの……私は何をすれば』

「誰も呪わず、ひたすらに愛せばいいのです。あなたはそれができる方だ」

武春は、部屋を彷徨《さまよ》う清少納言の生霊の手をしっかりと捕まえた。

「二度と人を呪わないと約束してください。それが定子様の望んだ道です」

『宮さまが……』

優しい声が返ってくる。清少納言の心の裡《うち》から生まれる声である。彼女は本性に立ち返った。

『私は宮さまのために、人の道を踏み外してしまったのでしょうか』

「まだ引き返せます。俺があなたに、与えられるものは……」

武春は定子の辞世の歌の上の句を詠《よ》んだ。

「夜もすがら　契りしことを　忘れずは」

一条帝との愛の日々を定子は最期《さいご》まで詠《うた》って、去っていった。誰にも引けをとらない愛を華麗に描いて。

清少納言は、下の句を継いだ。

『恋ひむ涙の　色ぞゆかしき』

宮さま……と、才女は懐かしげにつぶやいた。

『あなたさまにお仕えした、あの頃の気持ちに還《かえ》って、これからは生きましょう。敦康さまのためにできるのは、幸せを祈ること。そうでございますよね、武春どの』

清らかな心にたち戻って、清少納言は安らぎを得たようである。

「はい、あなたにしかできない勤めは、限りなく多い。たとえば定子様の内親王おふたりを渾身《こんしん》の力でお育てになるのも、そのひとつでは」

『そうですね。私が今も宮さまへお仕えするには、それしか道はないのかもしれません』

透き通った清少納言は、武春に深く頭を下げた。

『ありがとう、武春。私を私自身の呪縛《じゅばく》から解き放ってくれて……』

礼を言うが早いか、恨みを浄化された才女は、金色の霧となって立ち上っていった。

武春は、邪念が一掃された部屋をぐるりと回し見て、頷《うなず》いた。

「さすがだ。やっぱり昔どおりの清らかな方だった」

部屋を掃き清めたように、白檀《びゃくだん》の薫りが静かに漂っていた。


道長の懐刀として日夜目を光らせている能吏の行成は、右大臣・顕光の孫である祥望を、文字どおり抹殺したいと願っていた。

——アレが主上の第一の皇子だとしたら、この世はひっくり返る。

金髪に青い目の皇子が、大馬鹿者《おおばかもの》と名高い右大臣の孫ときては、政界はどのようになるのかと、行成は慮《おもんぱか》っていた。

いかに消すか。それが問題だった。しかし、行成は自ら手を汚す気はなかった。

——あの親王様を葬り去りたい方へ、徹底的に揺さぶりをかけるしかあるまい。

行成は、第一の皇子である祥望を擁した光輝親王が、もう一度闘いを挑んでくると読んで、眉間《みけん》のしわを深くした。

左大臣・道長の〝犬〟と呼ばれている行成の冷徹さは、誰にも引けをとらない。

――光輝親王に実権を取られる前に、やらねばならぬこととは。

翌日、行成は東宮の館を訪れた。

「主上にまことの第一皇子がおいでだと、ご存じでしたか」

東宮は道長から聞き及んでいるとは言えずに、空とぼけて見せた。

「それは、敦康であろう……」

「いいえ、右大臣様の御孫です」

「女御・元子は流産したとの噂ではないか」

「いいえ、隠れて産んでいたのでございます。この先、その皇子を主上がお認めになれば、あなた様たちに、未来はありませぬ」

「まさか……」

「主上との対面さえ整えば、自然とその流れになるでしょう」

あとはご自由に、と行成は袖《そで》を優雅にひらめかせて、東宮の前を去った。

行成のひと言で、居貞親王の理性は、完全に吹き飛んだ。

――顕光の孫か。生かしてはおけぬ。修験道の術などあてにはならぬ。かくなる上は。

金髪の親王、祥望は夜毎高熱を出している。それも以前よりひどい有り様で、何度も生死の境を彷徨うようになった。

しかし、陰陽師の武春が訪れて手を握れば、祥望の高熱は引いていく。

「皇子様、俺の手を握っていてください」

たったひと言で、呪詛は返される。だが、夜毎の高熱に襲われる祥望の体力は、すでに限界まで達していた。

武春は、金の髪を持つ親王から飛び去った邪念の気配を読み解く。

——少納言ではない。この湿った翳《かげ》りは、間違いなく居貞親王だ。

毎晩の襲来に、幼い親王はもう堪えられないだろうと、武春は夜番を張った。

「東宮様が、何度も来たら、祥望様の身がもたない」

花房と賢盛も、刀を持して共に控えた。

「ねえ、花房。今夜は私に付き添って、泊まっていくんだね」

熱を帯びた息であえぎながら、青い目で問いかける親王を見て、花房の意は決まった。

——敦康親王の兄、祥望さまのお命、私が命にかえても護ってみせます。

「おきれいな親王さま。主上がご覧になったら、どれほどお喜びになりますか」

「花房、いつか父上とお会いできるのだよね」

彼女の声を信じて、異形の親王は眠りについた。

が、丑三《うしみ》つ刻《どき》になると、じめついた邪念が一気に押し寄せる。

──来たな。

身構えた花房と武春へ、賢盛が小さく手を振った。

「違うぞ、花房。館が殺気に取り囲まれてる」

賢盛が、闇《やみ》へと瞳を巡らせた。

「えっ」

花房は、抜き身の太刀をつかむと立ち上がった。

「どこから来ると思う?」

「全面だ」

賢盛が言うが早いか、館の四方から賊が踏み込んだ。

「うおおおおっ」

武春も刀を構えた。陰陽師としての〝破魔破邪の陽気〟は、生きた人間相手には通用しない。飽くまでも霊の世界でのみ有効な力であり、生身の人間に攻められた場合は、現実の腕力で防ぐしかないのだ。

「おいっ、祥望様を隠せ!」

賢盛の指示で、花房は祥望親王を腕に抱えると、母屋からふたつ隣の北の孫廂《まごびさし》の房のひとつへ駆け込み、手近にあった御衣櫃《みそびつ》を積み重ねて身を隠した。

館のあちこちから賊の声が飛び交った。

「どこだ、子どもは」

「子どもは見つけ次第、殺せ！」

暗殺者の群れは、祥望を殺すためだけに、光輝親王の館へ押し入ってきた。これは前代未聞の暗殺計画である。

――居貞親王が、追い詰められて、このような所業に出たのか？

震える金髪の親王を抱きながら、花房は逃れる隙《すき》をうかがう。

刀を斬《き》り結ぶ音、いくつもの怒号と悲鳴――。

花房にとっては、初めての修羅場だ。怖くて仕方がないはずなのに、腕の中の幼い親王を護ると決めた時に、凛《りん》とした力が湧《わ》いた。

「お声を出してはなりません。逃げるのです、必ず……」

「花房。私はこわい……」

「だからこそ、私がここからお連れします」

賊が押し込むやいなや、光輝親王は、刀身の長い太刀をむんずとつかみ、すぐさま幼子の房へと走った。すでに我が子とも愛する祥望親王が暗殺されるなど、あってはならぬと怒りも露《あらわ》に。

「この私の館へ踏み込むとは、不逞《ふてい》の輩《やから》め。どこからでも来るがよいっ！」

母屋へ駆け込んできた光輝を確かめ、賢盛は不敵な笑みを浮かべた。

「親王様が、自ら太刀を振るわれるとは」

「実は、剣《つるぎ》の舞も得意なのだよ」

「来るぜ」

「歓待せねばいけないね、賢盛」

ふたりは刀を障子へ向けると、舞が始まる瞬間を待った。

「うっ！」

母屋へ踏み込んできた賊は、長身の親王と賢盛が待ち構えているのを見て、しばし怯《ひる》んだ。凄腕《すごうで》の使い手は、ひと目見ただけでわかるものである。光輝と賢盛は、その殺気の冴《さ》え方が違っていた。

光輝がひと太刀薙《な》いだだけで、暗殺者の群れは引き下がる。絶対に勝てないと、瞬時に察したからだ。

賊の腰が引けたのを見た賢盛が、逆に間合いを詰めていく。

「…………」

賢盛にジリジリと迫られ、暗殺団の殺意が揺らいだと察するや、月光《げっこう》の宮《みや》は朗々たる声で命じた。

「逃げよ、花房。私の側《そば》にいる限り、この祥望は何度でも狙《ねら》われるだろう。どこかへ隠さねば、命はない！」

花房は一瞬の隙をついて、幼い親王を抱いて館を走り抜けると、庭へ降りた。

――親王さま、私はあなたさまを絶対に護りぬきます！

「今、子どもが逃げたぞ！」

花房が祥望を抱いて去ったと知り、賢盛は叫んだ。

「俺が賊を食い止めるから、花房は武春と逃げろ！」

武春は花房の後を追った。暗がりの中でも、花房の気配だけは簡単に追えた。

「花房、馬を！」

背後から追いかけてくる武春の声に、花房は車宿へと駆ける足を速めた。

追いついた武春が、馬をつないでいた綱を引きちぎる勢いで解いていった。

しかし、馬の背に鞍《くら》は載っていない。馬を休ませるために外されていた。さらに、車宿に仕える雑色《ぞうしき》たちは、とっくに逃げ去っていた。

「どうしよう、武春……」

青ざめた花房は愛馬を見上げた。武春も同様である。

陰陽師は、花房と異形の親王を見やると、一気にふたりを裸馬の背に押し上げた。

「……！」

「お前の腕なら、裸馬でも乗れる！」

そう言うや、武春は花房を乗せた駿馬《しゅんめ》の尻《しり》を叩《たた》いた。

「迷うな、花房。俺もすぐに追いかける。まずはここを離れるんだ」

走り出した馬の脚を信じて、花房は土御門邸へと駆けていった。

ついで武春も追って、馬を駆った。

しかし彼の直感は、道長の館こそ目指してはいけないと告げていた。


西門の外へ馬をつないでいた暗殺者たちは、門外を目指す。

「今、逃げた子どもを追え！」

「そう簡単にはいかないぞっ」

賢盛は、ひらりと飛び上がると、騎乗した賊の喉《のど》を掻《か》き切った。

「やらぬぞ、賊ども。ひとりたりとも」

光輝親王が優雅に舞うたびに、賊がひとりふたりと倒れていく。

しかし、夥《おびただ》しい数の暗殺者を、ふたりで倒すには限界があった。

ふたりが賊と鍔《つば》迫《ぜ》り合《あ》いをしている脇《わき》を、駆け抜けるものが数名いた。

彼らはすぐさま馬に乗ると、花房たちを追いかけ始めた。

「しまった！」

賢盛は、斬りかかる敵を撫で斬りにすると、蹄《ひづめ》の音が複数向かった方角を見た。迷いもせずに、ある館を目指している気がした。

――やつらは、花房がどこへ逃げようとしているか、最初から予測している！

綿密な計画を立てた暗殺者たちは、当然、花房の存在も知っており、逃げ込む先まで読んでいると、初めて背筋が凍った。

――どこへ逃げる？

馬を駆る花房は、当初、一条にある土御門邸へ逃げ込もうと思った。最も安全な場所なのだから。

「あっ！」

しかし、祥望親王は主上の第一皇子である。道長が最も恐れる存在であった。

花房は、間違った方角へ馬の鼻面を向けていたと、愕然《がくぜん》とする。

――館へ入れれば、敦康さまよりも、ひどい目に遭うかもしれない……。

どこへ逃げればいいのか。背を追う蹄の音は近づいてくる。追っ手は鞍を載せている分、速度があった。

「土御門は駄目だ。どこだ、武春っ。どこへ逃げればいい」

武春は、刹那《せつな》の躊躇《ためら》いもなく答えた。

「進む先は下って四条」

「つまりは……」

「迷うな花房！」

武春の確信に満ちた声に動かされ、花房は手綱を引くと馬を切り回し、北上させていた馬を、まずは西へ進め、ジグザグに進みながら南下させた。四条の町を目指して——。

「あの方は、わかっているよ。ずっと俺たちのことを見守っていたんだから」

「そうだね、武春。あの方に」

追っ手の蹄の音は遠ざかっていく。打毬《だきゅう》の稽古《けいこ》で馬の切り回しを覚えたふたりには、追いつけなかったのだ。


氷宮《ひのみや》の陰陽師の館に着くと、すでに門には篝火《かがりび》が焚《た》かれていた。武春が誰を連れてくるのかを察知していたのだ。

「少し、遅かった気がしますが」

追っ手を振り切ったと安堵《あんど》した花房は、震えてしがみついていた祥望へ告げた。

「もう安心です。さあ、祥望さま。こちらが氷宮の陰陽師です」

異形の親王を抱きおろした陰陽師は、濁りのない瞳で、のぞき込んだ。

「祥望親王さま、初めてお目にかかります」

「あっ！」

銀髪と氷の目の持ち主を初めて見た親王は、その姿に安堵した。京の都に同じ血を持つ者がいたと知って、やっと自分の存在が希有《けう》ではないと思ったのだ。

「私と同じ……」

「はい。私の先祖は、唐との交流があった時代、西域からやってきた人間です。おそらく親王さまも、同じ血を引いていらっしゃる」

実は平安時代の陰陽師は、宗教者ではない。卜占《ぼくせん》や天文学と暦《こよみ》づくりの単なる技術者であり、陰陽寮《おんみょうりょう》に属する陰陽師は、宮中の公務員にすぎない。そのため、たいていは仏教徒だが、渡来系の陰陽師はさまざまな宗教を信じていた。

氷宮の陰陽師はキリスト教ネストリウス派、通称・景教の信者だった。東寺の塔へ『ヨハネの福音書』を届けたとされる一派が、氷宮の先祖だ。

「主よ、私がこの皇子を助けられますように、どうか力を授けてください」

その時、蹄の音が二方から響いてきた。

氷宮の陰陽師と武春が、彼らの接近に気づかなかったのは迂闊《うかつ》であった。安堵のあまり、ふたりとも緊張を解いていたのである。

そして、花房たちが撒《ま》いたと思っていた追っ手は、夜半に煌々《こうこう》と焚かれた篝火が照らす明るい一角を不審に思い、花房らを見つけるに至ったのである。

「見つけたぞ、あの子どもだ！」

篝火に照らされた祥望の金髪が、暗殺団の目印となった。

虚をつかれた花房たちの反応は遅かった。

馬上から薙いでしまおうと、刃《やいば》を下へ向けた一騎が、祥望めがけて突進してきた。

「皇子さま、危ないっ」

とっさに祥望へ、花房が覆《おお》い被《かぶ》さった。

間髪を容《い》れず、殺気と共に振りかぶった刀を、花房は背で受け止める。

「ああっ！」

花房に襲いかかった刃を、武春が払う。

肩口から背へ斬りつけられた花房は、何があっても祥望親王を護ろうと、全身で包み込んでいた。

「花房に……なんてことするんだっ！　俺の花房に‼」

武春の形相が変わった。普段の温厚さをかなぐり捨てた武春は、獣のようなうなり声をあげると暗殺者たちへ突っ込んでいった。

「うおおおっ」

凄惨《せいさん》な鬼神のごとき勢いに、暗殺者たちは慌てふためいた。

「に、逃げろっ」

しかし、武春の殺気に怯えた馬は、前脚をあげていななくと、走るどころか鞍上の賊をふり落とした。

「許さない。お前ら全員……殺してやる！」

「ひいいっ」

ひとたび武春が刀を振るい始めると、卑劣な暗殺者たちの悲鳴が次々とあがった。

逃げ惑う者も、陰陽師は当然とばかりに斬り捨てた。

「親王さまが何をした？　花房が誰を害した⁉」

怒りを刃にためると、武春は紫電一閃《しでんいっせん》迷いもせずに次々と斬り倒していった。

「…………」

再び静寂が訪れた時、氷宮の館の門前は血の海と化していた。

肩で息をする武春は、血脂にまみれた刀を落とすと、花房へ駆け寄った。

「仇《かたき》は討った……親王様も無事だ。だから……」

力なく薄目をあけた花房は、血しぶきに汚れた武春の顔へ手を伸ばした。

「祥望さまが無事なら、それでいい」

「でも、花房、お前は……」

「いざとなれば、凄かったんだね、武春。驚いたよ」

痛みに呻《うめ》きながらも、花房は幼なじみの顔を撫でた。

「武春、あとで顔を洗ってね……」

時は遅きに失したが、能吏・藤原実資が武士の一団を引きつれてやってきた。

「……実資さま、なぜに?」

実は氷宮の陰陽師は、一条帝個人のために潔斎と占事を行うと約した身であり、その家の別当として実資が立っていたのである。

「この館へ押し入る者なぞ、私が押しのけて」

武春の腕に抱かれながら、花房は小さく笑った。

「切れ者のあなたさまも、今回ばかりは出遅れましたね……祥望さまは、武春が見事、助けました。褒めてあげてください」

安心した花房は、それきり意識を失った。

「花房っ!」


——熱い。寒い。痛い。冷たい……。

肩口から背中へ深く斬りつけられて、花房は生死の境を彷徨っていた。

身の巾《はば》しかない崖道《がけみち》を歩みながら、彼女は崖下を見おろした。無数の切り立った岩が牙《きば》を剝《む》いていた。

——どこへ行けばいい？

目の前を黄色い蝶《ちょう》が、ひらめいていった。

「あ！」

蝶が飛んでいく先に、眩《まばゆ》い花園が輝いている。

——そこへ行けばいいんだね。

花房は蝶を追いかけていこうと、崖道を走り出した。身の巾しかない道を。

すると、懐かしい声が聞こえた。

『騙《だま》されるな！　その蝶は、お前を崖下へ落とそうとする罠《わな》だ』

——武春？

『その蝶の正体はっ！』

光の矢が放たれ、蝶を射貫いた。

途端に、黄色い蝶は正体をさらした。呻《うな》りつづける蝿《はえ》であった。

——そんな……。私はどうすればいい？

千尋《せんじん》の眼下には切り立った岩。この狭い崖道を、どうやって進めばよいのだろう。

花房が途方にくれていると、温かな腕が、背後から包み込んできた。

『俺が引き戻すから……信じてくれ、花房』

信じてくれ、という言葉に身を委ねた時、彼女の身体《からだ》はふわりと浮き、背後へ凄《すさ》まじい力で引き寄せられた。

——さっきのは夢……？

背中に走る痛みに、花房がうっすらと目を開ければ、武春の広い胸の中で、しっかりと抱きかかえられていた。同じ衾《ふすま》のうちで、ぴったりと寄り添っている。

「ここは、どこ？」

花房が問うと、武春はハッと気配を変えた。

「気がついたか？」

「うん……。あっ、祥望さまはどうした？」

「無事だったよ、花房が命がけで守ったから」

「よかった。……ここはどこなんだ、武春？　私はさっきまで、崖の上を歩いていたのだけど」

——花房が、無事に還ってきた！

武春は安堵のため息をつくと、ここは氷宮の陰陽師の館だと告げた。

「そう……」

花房は意識が冴えてくるにつれ、妙に身体が温かいと気づく。武春の体温を移している
だけではなく、身体の芯《しん》から溶けていきそうな熱さであった。

「武春、なんだか熱くない？」

「ごめん！」

途端に、陽の気の強い陰陽師は、真っ赤になって天井を見た。

「花房が、死霊に取り囲まれていたから、俺が……その……」

言われて花房は、自らの状態がどのようだったかと気づく。

互いに単《ひとえ》一枚まとわぬ生まれた姿のまま、武春に抱かれていたのだ。

「えっと、嘘《うそ》っ……だって、どうしてこんな？」

武春が真っ赤になれば、花房も赤くなったり、青くなったりした。

「お前を襲ってきたやつらの殺気は、普通じゃなかった。闇の修験者に呪術をかけられて
から、暗殺に来ていたんだ……。それを全身で受け止めたら、簡単に死んでしまう」

「武春はそれを？」

「ごめん。呪毒を全身で吸い取って逃がすために、その……裸にして抱きしめた」

武春は、花房と肌を合わせながら陽気を放ち、かわりに花房が受けた呪念を我が身へう
つしながら祈りつづけた。自らを憑坐《よりまし》に使って、殺意と対決し、浄化していったのだ。

——まだ見ぬ神様、どうか花房を助けてください！　花房を必要としている人が、この世には大勢いるのです。花房の命をとるのなら、俺をかわりに！

冥府《めいふ》への道を歩んでいた花房は、この武春の祈りによって、もう一度、この世へ送り返された。

「私が暗い崖道を歩んでいた時、確かに武春の声を聞いたと思ったのは、その……せいなのか？」

「その、は、裸にしないと、憑坐のワザは使えないから」

「……私のために、武春は命をかけてくれたんだね。ありがとう」

まだ高熱が引かない花房は、武春の逞《たくま》しい胸に顔をうずめた。

額に手をあてられた時の、何百倍もの温かなものが流れてくる。

「どうしてかな、とっても幸せ」

大きな犬のように付き随ってくる少年だと思ってきた武春は、すでに一人前の男に成長していた。花房を護れるまでに。

「眠って、花房。もう全部祓ったから」

大きな手が、優しく花房を撫で、刀傷《かたなきず》からも痛みを取り去っていく。その手のぬくもりに癒《い》やされながら、花房は再び眠りに落ちた。

「なんだと？　顕光の孫を庇って、花房が手傷を負ったと？」

光輝親王の館を謎の一団が襲撃した事件は、あっという間に都中へ広がった。

「で、花房はそのおかしな親王を連れて、どこへ行った？」

道長の手下が、都中の情報をさらえば、花房が武春と共に、氷宮の陰陽師の館へ駆け込み、金の髪を持つ親王は傷ひとつ負うこともなく無事と知れた。

——あやつは、私の敵となる親王を庇って……。

その幼子を護り抜くために花房が命をかけたと知って、道長は急ぎ馬を駆った。

花房が政治闘争を知らぬわけがない。しかし、右大臣の娘が産んだ金髪の子どもを護ろうと、命を賭《と》したのだ。

——どうして、その子を護ろうとしたのだ？　私の……。

敵なのだと、道長も思いきれずにいた。

花房が身を挺《てい》して護り、光輝親王が身近へ寄せたとなれば、どれほどの器量の持ち主かおのずと知れた。

「確かめねばならぬ」

白銀の髪を持つ、帝直属の陰陽師の館を訪ねた道長は、傷つき休んでいる花房の床を見舞った。

「馬鹿な。私の敵となる親王を、お前は東宮の刺客から護ろうと……」

刀傷のせいで、花房の身は熱を持ち、眠りながら魘《うな》されていた。

道長は、花房が負った傷を確かめようと、衣の襟を剝《は》ぐようにひらいた。

「………っ！」

その時、道長は信じられぬものを見た。抜けるように白い肌に、ささやかだが盛り上がった乳房がふたつ……。

「なんだ、これはっ！」

反射的に道長は、花房の肢体へ指を滑らせた。男としてあるべきものが、ない。

「……いつからだ？」

熱と闘いながら眠っていた花房を、道長は揺さぶり起こした。

「これはどうしたことだ！　お前は……」

「伯父上……」

「いつから、こんな身体になった！　まるで……女ではないか」

花房は、はっと我に返った。あまりの驚きに硬直している道長が、目の前にいた。

「あの……私は」

「どういう訳か説明しろ！　お前はいつから女になったのだ？」

問い詰められて、花房は絶句した。

——伯父上、私は最初から女で、身を偽って……。

叫ぶ道長の声を聞きつけ、氷宮の陰陽師が駆けつけた。

「左府様、お待ちを。花房殿を護るためには、男として生きろと命じるしかありませんでした。それが宿業です」

「……なんだと？」

「花房殿を、あなた様に利用されたくありませんでしたのでね」

かっと血の色を貌にのぼらせた道長は、陰陽師の声に追い立てられるように、館を逃げ出した。

——最初から、私は騙されていたのか？　では、誰がこの仕掛けをつくったのだ？

弟の純平《すみひら》でないのはわかっていた。こんな芸当をする知恵さえない、頼りない弟だ。

——誰だ。誰が花房を男に仕立てた？

道長の脳裏に、安倍晴明《あべのせいめい》と賀茂《かもの》光栄のふたりの姿が浮かんだ。

馬を化野《あだしの》の荒野へ走らせた道長は、風が吹きすさぶさまを眺めて、自分自身の心模様だと感じた。今まで信じてきた何もかもが崩れていく気がする。

——花房。私にとって、お前はかけがえのない……。

数日後。道長が、静かに再来すれば、氷宮の館には三人の陰陽師が座していた。

「左府様、このからくりをすでに読み解いていらっしゃるようですね」

「もしやこの私が、花房を女だと知って、抱くとでもいうのか」

「ふふっ、おかしな言い訳をなさいますな」

三人の陰陽師が揃《そろ》って笑う。道長の心のうちを読み切っているためである。

年嵩《としかさ》の安倍晴明が、道長の胸を指さした。

「左府様は、国を動かす政治家でございます。そんなあなた様が本気で愛する女性とは、いかなる方でしょう。あなた様に釣り合う方は、並の宿業では贖《あがな》いきれない」

「〝傾国〟の姫君しかいらっしゃいません」

「お前たち、何を言っている？　私が……花房と。まさか！」

あたふたと乱れた道長へ、氷宮の陰陽師がたたみかける。

「あなた様と花房殿が結ばれてしまえば、国は簡単に乱れます。左府様は、花房殿に溺《おぼ》れて国は傾いてしまう。だからこそ、天はあなた様と花房殿を、伯父と姪《めい》にして……」

三人の陰陽師は、一緒の息できっぱりと述べた。

「私どもが花房殿を男に仕立てあげました」

道長は、初めて花房と共に生きる宿命を感じた。

この〝傾国の子〟との断ちがたい宿業を。

――私はあの子を愛しこそすれ、男と女として愛し求めてはいけなかったのだ。

道長の血色のよい貌は、すっかり青ざめていた。

もしも花房が女だと知っていたら、どう扱っただろう。すぐさま養女にとって、一条帝や他の親王へ縁づけていただろうか。

――違う！　私が花房を囲ったら……。

館の奥へ隠し置き、道長はおのれだけの花として生かしていたに違いない。ただ眺めるだけの花として。触れもせず、誰の目にも触れさせずに、より深く慈しんだはずだった。


「きれいなままで花房殿を護り通すのが、私たちの役目なれば」

陰陽師たちにそう鎮められた道長は、花房の寝所へと入った。

「伯父上、私は……」

数多に襲いくる感情と闘う道長と視線を交わし、花房は涙で目を潤ませた。

「私が、皆を騙してきたのは……自分で望んだわけではなく」

「言うな。私にとってそなたは、何があろうとも生涯の〝甥〟だ」

道長は、きっぱりとそう言い切った。数日間、ろくに眠れず悩みつづけて、見つけた答えはひとつだった。

「そなたが生まれる前から、大切に想ってきた。男児が生まれたと聞いて小躍りした」

「……なぜでございますか」

「私は女子《おなご》の気持ちも扱いもわからぬ。今さら女子と聞いても、気持ちは変わらぬ。私がそう言えば、そなたは甥以外の何ものでもない。そして男だ女だの前に、何よりも、私の大切な花房だ」

花房の身に、包み込むような安堵が訪れた。

最愛の伯父を騙しつづけてきた苦しい嘘から逃れられると思った途端、はらはらと涙がこぼれた。本当の自分をさらしても、道長は丸ごと受け入れてくれるのだ。

「伯父上、私は……ずっと本当のことを言いたくて」

「泣くな、花房。お前の苦しみをわかってやれなかった、馬鹿な私を許してほしい」

花房には泣くなと言いながら、当の道長が号泣していた。

「長い間、辛《つら》かったろう。どんな宿業だって共に抗《あらが》ってみせよう。〝傾国〟の星の下に生まれたのならば……そのような国、私が先にひっくり返してやる」

情緒過多な左大臣は、ひとしきり泣くと、いつもの荒々しい様子とは違って、そろりと花房の衣の肩を脱がせて、刀傷をあらためた。

「ここをひどく斬られたのか。痛むか？」

道長は、傷を負った花房の肩へ穏やかに唇を寄せた。

——伯父上！

身体が痺《しび》れる。花房が女として初めて受けた、道長の深い愛情だった。

「そなたが死にかけた夜、武春は暗殺者たちを情け容赦なく斬り捨てて、館の門前を血の海にしたそうだな」

「あの武春が……」

花房は斬られた時、祥望親王を護ることだけに夢中だったため、優しい陰陽師が修羅と化して仇を討ったことも、夢幻《ゆめまぼろし》のようにしか覚えていなかった。

——それほどまでに、私を。

武春は、おのれの手柄を誇るような気性ではなく優しすぎるのが難だと、誰もが評していた。

だが、そんな男が愛する者のために、血まみれの鬼神と化したという。

「怨敵《おんてき》の邪念から命を救ってくれたのも、武春だそうだな」

その胸に裸で抱かれた記憶が蘇《よみがえ》り、はっと花房は身を固くした。

「恥じるな。武春はそなたを護るために生涯を尽くすと決めている。数日悩んで、やっと気づいた」

「何をでございますか？」

「訳ありの女子へ一生の恋心を捧げたと、言い放ったのだよ。つまりは……そなただな」

道長は花房を気づかう手つきで抱きしめた。その頰を静かに涙が伝う。

二十年以上も愛しつづけた甥が姪だと知った大混乱のあとに気持ちが鎮まり、さて女子の花房へは何を贈ろうか、と考えた末に見つけた答えであった。

「そなたに、武春をやろう。そなたも、武春を好いているに違いあるまい」

「えっ？」

「前世の因縁の相手と言ったではないか。その想いに気づいてはいなかったのか」

恋をしてはいけない身だと言われつづけて育った。そして、今。

――私は、武春を……ずっと好いていたのか。

優しい眼差しと大きな手で花房を護りつづけ、側にいることだけを望んだ武春。

花房と出会った時から、命を捨てる覚悟で。

しかし時を経て、彼は誰をも扶《たす》け護ろうとする陰陽師に成長していた。

「あの……私は武春といると、その……」

「幸せだろう？　真に強い男は、実は優しいのだよ。私には持ち合わせぬ強さだ」

「伯父上が弱い？」

「臆病者《おくびょうもの》だからこそ死ぬ気で戦って、何とか生きている。本当に何とかな……。そなたが顕光の孫を身を挺して護ったと聞いた時、寒気がした。私にはできない真似だ」

そう言いつつも、自分もこの〝姪〟のためなら火の中へでも平気で飛び込むだろうと、道長は苦い笑いを噛み殺した。

幾重にも襲いくる感情の波をどうにかなだめている道長へ、花房はおそるおそる切り出した。

「あの……祥望親王さまを、これから支えていただけませんか」

「金髪の親王をか？」

「はい。お願いします」

「我が館では無理だが、そなたが命がけで護った幼子だ。氷宮の邸《やしき》でのびのびと生きていけるよう、調《ととの》える」

「本当に？」

花房が慌てて身を起こした。ズキリと肩が痛む。

我が身をかえりみずに、花房はまたも幼子を気にかける。と、道長は笑った。

「やはりそなたは甥だな。主上や親王どもの後宮へ差し出すわけにはいかない。生涯、私の側にいるように」

「はい、喜んで。……でも、私と武春は、どうすればよいのでしょうか？」

「秘密の仲になればいい。私が許したふたりに、誰が文句をつけようか」

頬の赤みがさらに増した花房へ、道長は悪戯《いたずら》っぽく囁きかけた。

「武春も、いざとなれば頑張るだろうから、そなたは」

「が、頑張るって？」

「まあ、なすがままに任せてだな……」

強い視線を感じて、花房と道長は振り返った。

武春がふたりの会話を聞き、呆然《ぼうぜん》と立ちすくんでいた。

「なんだか不思議な話に……」

左大臣は、昔日の底抜けな笑顔で応えてみせた。

「花房を女の身へ戻す気はない。だが、武春の腕の中でだけ、女に還《かえ》るのもいいだろう。幸せにしてやれ」

「……俺をかついでいますよね、道長様」

「そなたをかついで嬉しいか？」

ポンコツ陰陽師と呼ばれた青年は、へなへなと腰を抜かした。

「俺と花房が一緒になったら、けっ傾国の、宿業が動いてしまいます……」

「動かぬ。私がお前らを見届けるからには」

「ひえええっ」

そこへ、なんという声をあげているのだと三人の陰陽師が駆け込んできた。

「左府様に許してもらったのなら、ふたりでその……頑張ればよいではないか」

安倍晴明が、楽しげに武春の背を叩いた。

「だが、今は駄目だぞ。花房殿は怪我《けが》を負った身。また傷が深くなる」

従兄の光栄が言い添えると、血の色をのぼらせた貌で武春はあたふたしている。

──恋とは、かくも無様で温かいものですか……。

花房は、うろたえる武春へ手を差しのべた。武春が、おそるおそる指を絡めた。

「お、俺なんかでいいのか」

「お前以外の誰と、その……」

互いの想いをまだ確かめられずにいるふたりへ、氷宮の陰陽師は小さな香入れを渡す。

「これをつけてお眠りなさい。幸せな夢を見られます」

香の名は〝結〟。恋に蕩《とろ》ける幸福な夢を見るために作られた香であった。

「こっ、コレ使ってモいいの？」

武春の裏返った声を聞いて、陰陽師たちは吹き出す声を慌てて抑えた。

「それを使わずに結ばれた方が、よほど愉しいのですが」

氷宮の陰陽師がにっこりと笑んで応じる。

「武春……」

道長は、子どもの頃から慈しんできた青年陰陽師の肩を、ゆるやかに抱いた。

「花房を心のままに愛してやれ。お前に愛されて花開けば、花房はどうなるか」

左大臣は、ふたりを置いて部屋を去った。陰陽師たちもそれにつづく。

残された花房と武春は、そっと向かい合った。

「あのその……俺、その何て言うか……」

ずっと慌てふためいている武春の手を、今度は花房から強く握った。心をこめて。

「きっとね、昔からお前が好きだったんだ。でも私は……長い間、気づかずにいて……すまない」

「今、気がついてくれても、俺は幸せなんだけど、駄目？」

「こんな気持ちに慣れていなくて、どうしたらいいかわからない……」

感極まった武春に、深く斬りつけられた肩を抱かれ、花房は小さな悲鳴をあげた。

「武春、そのギュウは駄目だから。傷が治ってから、そのあの……」

武春は、花房の肩へ両手をあてた。

「今から癒やす。すべての悪念からお前が逃れられるように」

武春の大きな手が傷に触れると、温かな力が流れ込んでくる。

――これが愛されているってことなんだよね。……嬉しい。

うっとりと目を瞑《つぶ》った花房に、武春は小さく笑った。

「俺が道長様にかわって花房を愛すよ。……でも、ちょっと厳しいかもしれないな」

「え？」

「いろいろしちゃうかもしれないから、辛いかも」

言葉こそ遊んでいるが、武春は花房の傷をいたわって、ひたすらに抱きしめた。

「でも、それはもっと先の話。だから今は、傷を治すことだけ考えて」

言われて花房は、武春の広い胸へ深く身を投げかけた。

「私を、その……女として愛してくれるのだね」

「最初から花房は女なんだけど」

この幼なじみが宿命の相手だと知り、花房は顔をあげた。

「俺の花房……」

武春の口づけは、初々《ういうい》しくぎこちないものだった。

「俺、泣けてきそう……」

「……私も」

花房は涙を武春の胸へと吸わせ、小さく身を震わせた。

あるがままの自分を認められ、恋しい者と触れ合える喜びが、我が身に訪れるとは思っていなかったのだ。

――武春。ずっと大切な私の……。

武春は、大きな犬のような目で、花房を見つめた。

「俺たち、ずっと一緒に生きていくんだよ」

「私の、夫になってくれるのか？　秘密の関係だけど……」

「秘密でいいよ。でないと、大変な騒ぎになるから」

二度目の口づけが降りてきた。

ただそれだけで花房は、身も心も蕩けるのだと初めて知った。

「もっと凄いことが、いっぱいあるんだけど、それは傷が治ってからね」

武春は〝結〟の香を、花房の首筋へと塗り込んだ。

「俺も一緒に」

花房と武春を、甘い香りが包み込む。

「これが恋の喜びなんだ……初めて知った」

「まだ最初……」

囁いて、武春は花房に腕枕《うでまくら》を貸した。

「ふたりで眠ろう」

「うん、武春」

香の夢が訪れ、意識が遠のいていく。

花房は、武春の胸に抱かれて眠りに落ちた。この人と生涯を共にするのだと信じて。


東宮・居貞が光輝の館を襲った一件は、うやむやのまま幕を閉じた。

政治の表舞台へ出られない異形の親王を、東宮が殺しにかかったなど、事件にできない醜聞だったからだ。

道長は、氷宮の陰陽師の館で療養する花房と、その側にちょこんと座る金の角髪《みずら》の親王を眺めて苦笑した。

「主上の子にしては、どこかの血が勝っているな」

左大臣は小さな親王の手を握った。

「私が、あなた様の抱えを引き受けましょう」

花房は、ありがとうと小さく笑った。

桜の花が咲きこぼれた気がして、小さな親王と左大臣も笑い合う。

「この館は、いい薫りがするね。花房もそう思う?」

「はい。主上のために香をととのえている、特別な者の館でございますれば」

「私も、それをしたいな」

この親王は、幼いながらも自らが望まれない存在だと気づいていた。そして、この陰陽師の館でひそかに暮らせば、誰も傷つかずに済むということにも。

「左府。ここではお馬に乗れるのかな」

「最高の駒《こま》を用意いたしますれば、お待ちを」

花房は、ほっと安堵した。

「伯父上……敦康親王さまと同じく、祥望さまも」

「案じるな。私が抱えると言ったら、全力でやってみせるとも」

金の髪を持つ親王は、ようやく安らぎの場を与えられた。

白銀の髪を持つ陰陽師と、権勢を誇る左大臣がふたりで育てれば、やがては父の一条帝と相まみえる日がくるかもしれない。


一方、光輝親王は、祥望親王と間違われた侍童を四人も殺され、血塗られた自邸を見まわし、怒りに震えていた。

「この私の邸へ土賊の輩を入り込ませて、許すか居貞！」

ふと、花の香のする風が、血の穢《けが》れを浄《きよ》めるように吹いた。

「来たね……」

親王は、風の吹いてきた方へ手をかざし、そこに金と銀と瑠璃の色を読み取った。氷宮の陰陽師が風に乗せた、慰めの便りだ。

「氷宮と、私の可愛い祥望か。案ずるな、私ならば大丈夫だ」

光輝親王は、館で刺し殺された四人の侍童の葬儀を、すぐさま調えた。

――ひとりを祥望の身代わりとして、あとは……。

血で洗われた館を見まわし、月光の宮は形よい唇の端を吊《つ》り上《あ》げた。

――祥望を隠された程度で、私がつぶれると見くびるな、道長。

血脂に汚れた太刀を忌まわしげに投げ捨てた光輝親王は、空を睨《にら》んだ。

「そなたを、今度こそ取りにいこうか、花房」

傾国の予感は、再び動き始めていた。そして、実はまだ何も解決していない。


東宮・居貞が起こしかけた譲位騒動は鳴りをひそめ、道長と花房は伯父と甥として、今までどおり生きていくことになった。

しかし、真実は幾重にも隠れている。

祥望親王が暗殺されたと思い込んだ居貞親王はほくそ笑み、多くの貴族たちもまた薄ら笑いを噛み殺していた。

「……右大臣様も、よくよく運の悪い」

その生すら知らずにいた第一皇子が、暗殺者の手にかかって命を落としたと告げられ、一条帝はひそかに涙をこぼした。

ところが数日後、世にも妙《たえ》なる筆跡の文《ふみ》が一条帝のもとへ届けられた。

『主上のひそかなる皇子、かの陰陽師の館で愉しく遊んでおります。抱えは左府。これからいかがなりましょうや』

一条帝は声を呑んだ。祥望と敦康、ふたりの親王がこれ以後も宮中をかき乱すと気づいた時、父なる帝が発したのは、ひと言。

「花房を呼べ」

嵐《あらし》の吹きすさぶ宮中でただひとり、濁りを知らない蔵人がいた。

祥望親王暗殺未遂の四年後、寛弘五年（一〇〇八年）、彰子が皇子・敦成《あつひら》を授かった。

この敦成親王の誕生で、また新たな政争が始まっていく。

寛弘《かんこう》八年（一〇一一年）、一条帝崩御。

居貞親王が践祚《せんそ》して三条帝《さんじょうてい》となり、道長は彰子が産んだ敦成親王を東宮位に就けた。

この時から『望月《もちづき》の世』が幕をあけることになる。

彰子自身は、数年可愛がってきた敦康親王が次の東宮に立つと信じてきた。ところが娘の想いを父の道長は「それはない」のひと言で封じた。

その時、彰子は父の非情に初めて気づいた。娘が慈しみ育ててきた養い子すら、用済みとなれば表から抹殺してしまう。これが外戚《がいせき》政治の恐ろしさなのだ。

娘の〝仕事〟にやっと安堵した道長は、最愛の花房を呼びつけた。花房を女ながらに甥と認めて数年が経《た》つ。しかし、武春との関係だけは気になって仕方がないのだ。

「お前、そのあれだが……武春とは、その」

「伯父上が許してくださったから、私も武春も文句なしで幸せです」

「そうか。では、また」

鼻白んだ道長は、この話題から逃げるように、花房に退室を命じた。

「自分で訊《たず》ねておいて、これはひどいよね、賢盛」

側に控えていた賢盛は、花房の肩を抱いて、苦い想いを空へと逃がした。

「お前、本当は武春をどう思ってんの。あいつ、まだ式神も使えない、ポンコツ陰陽師なんだけど……」

しかし、花房は胸を張った。

「私が誰を愛しても、賢盛は許してくれ。それが私たちの、生涯の約束だ」

「って、お前の都合よい話だけを俺は……」

賢盛はため息をついた。花房と道長はどこか似ている。政治家の冷徹さはないが、花房にも人の心をたたき割るような鈍感さがある。そういう意味では、どちらも凶器だ。

しかし、花房は伯父の道長を見習わず、宮廷人として誰よりもきれいに生きていこうと決めているようだ。賄賂《わいろ》を貰《もら》わず、他人の悪口を言わず、陰謀にも荷担せず。

――俺好みの人生とはほど遠いが、お前の望むとおりに、俺も生きていくしかないな。

「花房と乳兄弟になったせいで、俺……厳しい人生だよな」

「ありがとう。これからもよろしく」

花房は、生まれてこのかた何人の男女を嵐のただ中へたたき込んだのだろう。数えはじめたら夜が明けそうだ、と賢盛はあっさり諦《あきら》めた。

「……ま、俺が最大の被害者だと思う」

「え、なに？」

「いいえ、なんでもございません」

幾人もに深く愛されながら、花房は長い間、鈍感なまま生きてきた。しかし最近は、貰った愛を自分なりに返そうとしているようだ。これは武春効果と言うべきか。

「乳兄弟でさえなけりゃ、俺が一番愛されたんだろうけどな」

賢盛は、花房にも聞こえないよう、小さくぼやいた。

もしも花房が男に生まれたら、あるいは女子として育てられたのならば、どのような生き方が許されたのか。そして道長と花房は、どう対峙したのだろう。

しかし、天はふたりを伯父と姪に配し、花房を男として生かすことで、寄り添いながらも結ばれぬ縁を宿命づけていた。

国を動かす道長と、傾国の星の下に生まれた花房の恋は、許されなかったのだ。

――伯父上。ずっと大好きです。

宮中が魔窟《まくつ》であれば、道長の意を受けて泳ぐ花房にも試練や不条理は降りかかる。しかし、花房は決して汚れようとはしなかった。

どこまでも清らかな宮廷人として生きていこうと、花房が決めて久しい。背後には常に長身の陰陽師が控え、心身ともに支えていたからこそ可能な生き様だった。

「花房、今日の内裏はどうだった？」

武春は、出仕から戻った花房を背中から抱いた。

「もの凄く疲れた……」

「だろうね。重くて黒いものがいっぱい乗っかってるもの」

武春は、秘密の妻のうなじに唇を滑らせると、自信ありげに言ってのけた。

「全部取り除いてあげるよ」

「怖いな、その言い方が」

クスクスと笑いながらも花房は、武春に総身を預ける。ひとたび結ばれてからあとは、触れられるだけで全身から力が抜けるようになった。

まるで掌《てのひら》に落ちた六花が溶けるように、武春の手が触れるだけでとろけてしまう。

「破魔破邪の陽気で、全部祓ってあげるからね。でも、その前に……」

すっかり頼もしくなった若陰陽師は、優しい犬のような瞳で花房に問いかけた。

「いつもの呪《まじな》いを唱えて、花房」

乞《こ》われて花房は、甘い声で唱える。

「……愛してる、武春」

「そんな小さな声じゃ聞こえない。もう一回」

「愛してる、武春」

「あと三回唱えて」

「いじわる……」

「だから言ったじゃないか。俺もいざとなったら凄いって」

花房の烏帽子《えぼし》を床にすべらせると、武春はその身を軽々と抱き上げた。

「身も心も、きれいにしてあげるからね」

ふたりが身を重ねると、桜の薫りが立ちのぼる。

愛し合うふたりにしか許されない、〝惑わしの香〟だった。

あとがき

最初は子どもだった花房《はなふさ》も、今や立派な大人になりました。

今回は陰気な居貞《おきさだ》親王に翻弄《ほんろう》されながら、自分の人生を見定めていく話です。

恋をしてはいけない身ですが、弟のように思っていた武春《たけはる》への想《おも》いに気づいていき、花房は密かにですが、女性の幸福を味わえるようになりました。

男として生き、女性として愛される。波乱含みの花房の半生は、思ったより幸せなのではないでしょうか。ちょっと天然さんなので、あまり深くは悩んでいないようですし。

今回はラストに武春とのラブシーンを入れてみました。長年の片恋が実った武春を描くのは、愉《たの》しいことでした。ポンコツ陰陽師《おんみょうじ》だった武春の成長ぶりをご覧下さい。

子犬のように花房にまとわりついていた少年時代を経て、逞《たく》しく育った武春は、陰陽師としての自覚も明らかになってきます。人を罰するだけでなく、赦《ゆる》す心を持っている彼は、清少納言《せいしょうなごん》を救いますが、愛する花房が傷つけられると猛然と敵を斬《き》り倒す、実は隠れマッチョな一面も持っています。男の人が真剣に誰かを愛したら、爆発的な破壊力を発揮します。今回の武春は、愛情と闘いのホルモン・テストステロンがめっちゃ発揮されて、頑張りすぎてしまいました。

さて、道長《みちなが》へ語りをうつしましょう。

彼のパワーとキャパシティは、一国を動かすだけあって、並ではありません。そんな道長が真剣に愛する相手には、それに匹敵するくらいの破壊力が必要です。ということで、フェロモン怪獣のような花房を造形してみました。

盲目的に溺愛《できあい》しすぎて、花房の真実が見えていなかった道長ですが、やっと気づいたあとには、武春との秘密の結婚を許すという太っ腹な態度。豪快さと繊細さを併せ持った道長ならではの粋《いき》なはからいです。愛しすぎていて束縛もできなかったのでしょうか。

こうして道長も、長年気づいていなかった恋という感情を昇華させます。

花房を最も愛しているのは、間違いなく道長でしょう。なにせ生まれる前から愛《いと》おしんできたのです。後発の賢盛・武春なぞ敵《かな》いません。花房への愛を、「甥《おい》」への慈しみとして貫いた道長は、実際は不器用な男だと思っております。

おそらく光輝《みつてる》親王以外は、みな不器用者です。身分制の確立していた宮中で、人間関係などに汲々《きゅうきゅう》としていたのでは？　と思っております。

平安貴族というと、非常に優雅なイメージですが、男の世界ですから、暴力なんか日常茶飯事です。宮中でも、集団でリンチや虐《いじ》めを平然と行っていたようです。権力志向が強い集団にあって、弱い者は淘汰《とうた》されていく。哀《かな》しいけれども、人間の本質は、千年前から現在まで変わっていないのでしょう。

貴族たちは宿直《とのい》の当番になると、宮中へ泊まり込みになります。夜陰に紛れて、様々な事件があったのではないでしょうか。男たちはバイセクシャルが基本の世だったので、花房へ迫る貴族は標準仕様です！（キッパリ）

表向き優雅に着飾る貴族たちは、実際は乱暴者で意地悪だったのでした。私たちが平安時代の雅《みやび》さを尊ぶのは、単なるファンタジーなのかもしれません。でもいいじゃん、ファンタジー万歳！

拙著を書くにあたって辛《つら》かったのは、平安時代は呪詛《じゅそ》が当たり前であることです。書いている時は非常に苦しく「こんな呪怨《じゅおん》に満ちた世界だなんて……」と、何度も絶望しかけました。人を呪うシーンを描く時は、本当に苦しかったです。しかし、呪詛とまじないが当たり前の平安時代を書くには、このきつさを乗り越えなければなりません。ぬばたまの闇《やみ》が広がる京の都には、呪いを専業とする陰陽師や法師がいたそうです。困っちゃうな、そんなの……。

花房たち三人が力を合わせて危機を乗り越えていく——この一点が救いでした。悪《あ》しき者は退散し、あるいは改心し。これは花房がお人好しだからこそ、そして武春が優しいからこそできる退治の仕方です。賢盛だったら、すぐに打ちかかっていきそう……。

今作でも、美麗なイラストで紙面を華やかに飾ってくださった由羅《ゆら》カイリ先生に、感謝いたします。由羅先生のイラストがあって初めて成立する、平安ロマンでした。

日本人は、どうして桜が好きなのでしょう？

あの薫りと風情に惹《ひ》かれてしまうのでしょうか。桜を追いかけて、今年もいっぱい歩くのかな？

今回も、お読みくださって、本当にありがとうございます。

またお会いする日を愉しみにしております。一緒に桜を追いましょう！

東《あずま》　芙美子《ふみこ》

二〇一八年四月吉日

『桜花傾国物語　嵐の中で君と逢う』、いかがでしたか？
東《あずま》　芙美子《ふみこ》先生、イラストの由羅《ゆら》カイリ先生への、みなさまのお便りをお待ちしております。

東芙美子先生のファンレターのあて先
〒112-8001　東京都文京区音羽2－12－21　講談社　文芸第三出版部「東芙美子先生」係
由羅カイリ先生のファンレターのあて先
〒112-8001　東京都文京区音羽2－12－21　講談社　文芸第三出版部「由羅カイリ先生」係

N.D.C.913　266p　15cm

東 芙美子（あずま・ふみこ）
東京都在住。アパレル企業、テレビ番組制作プロダクション勤務を経てフリーの放送作家に。ドキュメンタリー番組、情報系番組等を手がける。歌舞伎と歴史・時代モノが大好物。
他の著書に『梨園の娘』『美男の血』などがある。

講談社X文庫

white heart

桜花傾国物語《おうかけいこくものがたり》　嵐《あらし》の中《なか》で君《きみ》と逢《あ》う

東《あずま》 芙美子《ふみこ》

●

2018年4月26日　第1刷発行

定価はカバーに表示してあります。

発行者——渡瀬昌彦
発行所——株式会社 講談社
東京都文京区音羽2-12-21 〒112-8001
電話 編集 03-5395-3507
販売 03-5395-5817
業務 03-5395-3615
本文印刷－豊国印刷株式会社
製本——株式会社国宝社
カバー印刷－半七写真印刷工業株式会社
本文データ制作－講談社デジタル製作
デザイン－山口 馨

ISBN978-4-06-286981-2